Agatha Christie,
le chapitre disparu

DU MÊME AUTEUR

Une journée dans la vie d'Annie Moore, Presses de la Renaissance, 1993, Prix Paul Guth du premier roman ; J'ai Lu, 2003.

Un animal à vif, Le Masque, 2001 ; J'ai Lu, 2003.

Autobiographie d'une tueuse, Flammarion, 2002 ; J'ai Lu, 2004.

Tout sur elle, Flammarion, 2003.

Ma psy, mon amant, Belfond, 2004 ; Léo Scheer, 2011.

L'Amant de l'au-delà, Le Masque, 2005.

Les Falaises du crime, Flammarion, 2005.

Fais-moi oublier, Flammarion, 2008 ; J'ai Lu, 2010.

À cause d'un baiser, Flammarion, 2012 ; J'ai Lu, 2015.

Andy, Plon, 2013.

Dis-moi oui, Flammarion, 2015.

Brigitte Kernel

Agatha Christie, le chapitre disparu

roman

Flammarion

Ceci est une histoire vraie. Mais ceci est un roman.

© Flammarion, 2016.
ISBN : 978-2-0813-6562-9

À Corine, sur la route d'Harrogate,
À Béatrice, ma « sœur », sur la route de Nancy,
À Olive, sur tous nos chemins.

« Si je m'intéresse à mes parents, ce
n'est pas pour le simple fait d'être mes
parents, mais parce qu'ils ont réussi
une prouesse fort rare : un mariage
heureux. Jusqu'aujourd'hui, je n'en ai
connu que quatre. Existe-t-il une
recette ? J'en doute. »

Agatha Christie,
Une autobiographie

« Oh ! Savoir vivre est difficile ! On
part quand on devrait se cramponner, on
s'emballe quand on devrait rester tranquille. À certains moments, la vie est si
belle qu'on a peine à croire à la réalité – et
puis pan ! on tombe dans un enfer de
catastrophes et de souffrances ! »

Mary Westmacott,
Loin de vous ce printemps

The End.
Voilà, le livre est fini.

J'y ai posé le point final vers quinze heures. Le titre : *Une autobiographie*. Il n'y a pas plus simple.

Juste au-dessus, en lettres capitales, mon nom, Agatha Christie.

Pour une fois, je n'ai pas écrit un roman policier. Je reviens sur mon enfance, l'âge adulte, l'écriture, mes maris, les enfants, les voyages, mes chiens, le golf. J'aurai mis plus de vingt ans à raconter tout cela. Près de mille pages, ce n'est pas rien.

Aucune énigme, aucun crime, pas d'Hercule Poirot, je l'ai mis au placard. Cela ne lui fera pas de mal de prendre la naphtaline. Il est parfois trop encombrant.

C'est amusant, tout à l'heure, au moment où je finissais de rédiger le dernier paragraphe, une alouette s'est mise à chanter, posée je ne sais où, sans doute sur le bégonia. Ma mère y aurait vu un signe.

« Agatha, regarde bien, si tu arrives à repérer l'oiseau qui siffle, tu recevras dans la semaine une bonne nouvelle ! »

Puis elle aurait enchaîné : « Es-tu contente, ma chérie, d'avoir enfin terminé tes Mémoires ? »

« Je ne sais pas, Maman, je ne sais pas. » Cela aurait été ma réponse.

Car je l'avoue, je ne me sens pas très à l'aise. Mon éditeur va s'en rendre compte… Des pages manquent. J'entends sa voix rocailleuse, je respire le parfum de son cigare entre ses mots : « Enfin, madame Christie, on ne peut pas passer du chapitre V au VI sans que vous parliez de ce qui a animé toute l'Angleterre pendant onze jours, onze longues journées lors de l'hiver 1926 ! C'est un point capital de votre vie ! Pourquoi une telle impasse ? »

Je ne lui répondrai pas, je murmurerai : « Je ne me souviens pas, vous savez, j'ai parfois des moments d'amnésie. »

Pourtant j'ai bien dicté le chapitre sur mon appareil enregistreur. Des pages et des pages, presque un livre entier, consacrées à ces journées du 3 au 14 décembre 1926. Ce texte aurait dû se situer entre les chapitres V et VI de la septième partie de mon autobiographie.

Un chapitre V bis en fait.

Mon secret. Ma vie privée. Une semaine et demie, dix jours qui n'appartiennent qu'à moi. Pourquoi en ferais-je part ? J'ai si honte de cette période, mieux vaut la faire disparaître.

Pour l'instant, je suis incapable de mettre au feu ces écrits. Ce serait comme sacrifier un ami, un précieux confident. Ils m'ont permis de faire le point sur le désastre du couple que nous formions avec Archie. Un jour, quand les rides feront de moi un parchemin, je détruirai ce texte.

Je vais sortir, j'étouffe un peu dans cette pièce. Il faut que je fasse circuler le sang dans mes jambes, a dit le docteur, exactement ce qu'on préconisait à Maman. Marcher dans le parc va me faire du bien, mon cœur se calmera. Et puis, je dois aller parler à mes chiens, leurs tombes ne sont pas loin.

Ce que j'aime sentir leur présence à Greenway. Ils y ont tous été si heureux. Je revois encore Peter, mon cher fox-terrier, gambader. Et gratter la terre à la recherche d'une taupe.

V bis

3 décembre 1926

Je quittai la maison aux alentours de vingt-deux heures. Je n'avais plus en tête que l'envie de mourir. S'il me vint à l'idée qu'Archibald, mon mari, serait inquiet de devoir constater mon absence ? Oui, bien sûr. Ce fut même, au regard de la vie qui m'abandonnait, une consolation. Maigre certes, mais suffisante pour m'arracher un sourire à la seconde où ma voiture s'enfonça sur la route de Sunningdale.

La nuit et le brouillard, les arbres dénudés lançaient leurs frêles bras vers le ciel endeuillé, mais je n'y fis guère attention. Mon regard, s'il les constata, ne s'attarda pas sur les reliefs et ambiances d'hiver. Sans doute était déjà morte en mon esprit la partie créative, l'observation. Plus aucun détail ne me retenait.

La mort, seul horizon possible, toutes mes forces convergeaient vers cette ligne qui allait me délivrer de mes douleurs. J'étais froide, déterminée, il me semblait que je ne souffrais même plus. Était-ce l'idée de ma fin qui apaisait la terrible douleur ?

Fuir ce monde, rejoindre Newland Corner, abandonner mes forces, mon passé, mon futur dans l'étang de Silent Pool. Encore quelques poignées de minutes et j'en aurai bientôt fini. La délivrance, enfin. Je ne craignais ni de quitter cette vie ni de souffrir en me noyant avec ma voiture pour linceul.

La colère, tels des jets de sang, revenait par à-coups, faisait taper mon cœur dans ma poitrine, dans mon ventre : « Mon époux avec cette femme ! Sa maîtresse ! Nancy Neele, cette sotte, pourquoi elle ? Pourquoi s'est-il entiché de cette autruche à cou de poulet ? Vouloir divorcer ! Et le pire, certaines personnes disent cette fille, ce caniche de salon, intelligente. Oh *jerk* ! »

Par mon éducation, j'avais appris à être digne en toute occasion, je fus donc consternée de constater à quel point mes pensées se bousculaient, immaîtrisables. Mes yeux étaient embués, ma bouche sèche et ce cœur, mon pauvre cœur, comme il battait dans mes tempes. « Un vrai personnage de littérature sentimentale ! Voilà ce que tu es Agatha ! Reprends-toi ! »

La voiture se déporta au carrefour. Terrorisée à l'idée de ne pas réussir à mettre mon plan à exécution et de finir mes jours, là, dans un vulgaire accident me projetant sur le bas-côté, je me cramponnai au volant.

La Morris Cowley stabilisée, je repris ma course. La route était droite. Pas besoin de rétrograder. J'étais comme absente de moi-même. C'était étrange, auréolé d'irréalité, chacun de mes gestes était machinal. Un oiseau frappa le pare-brise de plein fouet, je hurlai. Comment n'avais-je pas pu l'éviter ?

Son empreinte de duvet, de chair et de sang constellait la partie supérieure gauche de la vitre, je ne voulais pas regarder, je ne pouvais pas regarder. La mort de ce merle ou de cette pie, je n'avais pas eu le temps de distinguer le volatile, me sembla si cruelle que je restai quelques secondes en apnée. « Pauvre bête, si j'avais roulé moins vite ! » hoquetai-je et je pensai à Maman, je lui adressai ces mots qu'elle prononçait autrefois : « C'est mauvais signe, n'est-ce pas, surtout s'il s'agit d'un corbeau ? »

Non, pas un corbeau, les plumes laissées sur le pare-brise s'offraient grises et duveteuses.

Mon pied vissé à l'accélérateur trembla, puis tout mon corps. J'avais froid. Et cette sensation de perdre soudain le contrôle de mes émotions. D'un revers de manche, j'essuyai mes yeux : « Allez, Agatha, ne pense ni à ta fille, ni à tes livres, ni à ton chien, tout cela n'existe plus, c'est bientôt terminé, maintiens le cap, sois forte. »

Je crois bien qu'une ou deux larmes dévalaient la pente de mes joues au moment où apparut le panneau indiquant « Sunningdale ».

Les petites maisons du centre étaient plongées dans l'obscurité, leurs volets fermés n'affichaient aucune bribe de lumière. Tous les habitants de cette chère contrée dormaient. « Voilà des gens, songeai-je, qui ce soir seront encore vivants dans la chaleur de leur conjoint. »

J'avais planifié de ralentir au carrefour, j'obtempérai donc. « Ne réveiller personne, ne pas être vue. » Le mot d'ordre résidait pour l'heure en ces mots. Et je me répétai à mi-voix : « Pas de témoin. » Je traversai la petite ville.

Sunningdale. J'aime prononcer ces trois syllabes. Ce bourg m'enchante. Le calme et la politesse y sont seigneurs. Avant, Archie et moi y avions nos habitudes. Aller boire le thé après le golf chez Janet, ce salon confortable et ouateux, était un pur bonheur. L'excellence de son Earl Grey, la délicatesse de ses *apple pies* et de ses *scones,* mais aussi la gentillesse de sa propriétaire en avaient fait le repère des golfeurs. J'appréciais beaucoup cette dame, Mrs Annesmore. Elle avait perdu son mari à la guerre et avait dû par la suite travailler pour élever ses enfants. Pour avoir soigné Mr Annesmore quand j'étais infirmière sur les champs de bataille, je me sentais proche d'elle, de sa douleur. Cette femme était courageuse, j'estimais cette qualité. Et puis, Janet, comme moi, avait passé son enfance à Torquay. Une raison encore d'aimer sa compagnie. Que de souvenirs nous avons échangés au fil des années ! Mon époux a tout appris de ma jeunesse en écoutant les conversations que Janet et moi partagions. Car, quand je lui racontais mes jeunes années en tête à tête à la maison, Archie paraissait toujours ailleurs. Sans doute l'ennuyais-je avec mes souvenirs. Ils sont ma colonne vertébrale, je crois que mon mari n'a jamais compris.

Une petite pression du pied sur l'accélérateur, je dépassai le salon de thé « Chez Janet » et longeai la rue principale. La lune n'était qu'une tache opaque au-dessus du toit de l'église. Un bref mouvement de la tête vers la gauche et je remarquai le panneau apposé sur la devanture du marchand de couleurs « fermé pour cause d'inventaire ». Ce commerçant faisait son bilan chaque année en cette période de Noël. « Le 25 décembre, grommelai-je, je serai dix pieds sous terre depuis dix-huit jours déjà... Maudit 25 décembre... Anniversaire de mon mariage avec Archie en 1914, comme c'est loin déjà. »

Dans une dizaine d'heures, les volets de Sunningdale s'ouvriraient. Les vies reprendraient tandis que la mienne s'achèverait.

Je quittai la ville. Personne ne m'avait vue, aucun témoin. Et aucune preuve de mon passage. Une forme de soulagement m'inonda.

Toute la soirée, je m'étais imaginée en train d'écrire un roman. Celui qui allait faire perdre pied à mon époux. J'en étais le personnage principal : la disparue, une femme ayant quitté le domicile conjugal à toute vitesse pour rejoindre l'étang où elle allait se suicider. Non contente de briser la vie de son époux, elle lui rendrait aussi l'existence insupportable, bancale, vertigineuse en laissant un indice, une interrogation qui le plongerait *ad vitam* dans une angoisse extrême. Quel indice ? Je n'avais pas encore trouvé. Mais cela viendrait en chemin, comme souvent dans mes écrits. Je marche dans mon jardin ou promène mon chien dans les bois et l'idée sur laquelle je butais surgit.

J'avais calculé et recalculé, vingt miles séparaient notre maison, *Styles*, de Silent Pool, j'arriverais vers deux heures du matin à l'étang. Parfois, passant devant ce lieu désert, je m'étais fait cette réflexion : « Un meurtre parfait pourrait y être commis, quel bon décor pour un roman ! » J'avais même pris des notes dans un calepin pour bien m'en souvenir. Je n'avais pas imaginé que le plan d'eau ne m'inspirerait pas une énigme policière, mais mon propre décès.

Une disparition parfaite comme un crime parfait !

Quelques onces de coquine satisfaction montèrent en moi. De la même manière que cela survient quand enfin je saisis la trame d'un roman policier. On ne me retrouverait pas facilement.

Sur cette route noyée dans la brume, je scandai : « Un auteur de romans policiers à succès comme toi, Agatha, ne commet aucune faute lors de la réalisation de sa propre mort. » C'était surtout que je voulais me convaincre de l'efficacité et de l'habileté de mon entreprise.

Je répétai les grandes lignes de mon plan :

1. Quitter la maison après avoir écrit deux lettres, l'une à mon beau-frère, Campdell, l'autre à ma secrétaire, Carlo. Sans évoquer ce qu'il allait advenir de

22

moi, y inscrire : « Surtout, occupez-vous bien de ma fille. » C'était fait ;

2. Traverser Sunningdale en silence, réussi également ;

3. Rouler tout droit vers le Surrey, ne pas m'arrêter ;

4. Trouver au plus vite le chemin qui part de la route pour aller à l'étang si bien nommé Silent Pool ;

5. Foncer, accélérer au maximum, plonger avec la voiture dans l'eau ;

6. Attendre que cela se passe, accepter l'eau qui entrerait dans mes poumons.

Mes paumes serrèrent le volant.

— Allez, Agatha, file vers ta destinée.

— C'est vrai, oui, j'y vais, je n'en peux plus de cette vie, je ne reprendrai jamais pied, je souffre trop. Et enfin, Archie va comprendre le mal qu'il m'a fait.

— Imagine ton enterrement ! Ce monde qu'il y aura… Les condoléances, cette horreur…

— Comment Archie va-t-il assumer tout ça ? Le suicide de sa femme, la romancière Agatha Christie…

— Le bougre va en baver…

J'étais de glace, déterminée.

Après vingt-deux heures, sur cette voie du Berkshire, rares sont les voitures. Les premières se présenteraient vers sept heures du matin, phares allumés, conduites par ces hommes chapeautés qui, dès le lever du jour, rejoignent leur bureau de Londres. Il y avait peu de chances que l'on me croise. Mais la prudence était de mise. Sans lâcher le volant, comme je l'avais prévu, je recouvris mes cheveux d'un foulard et d'un chapeau cloche inconnu d'Archie. Enfin je chaussai la paire de lunettes préparées juste avant ma fuite. Ainsi j'étais, du moins m'en persuadai-je, non reconnaissable.

Puis, pour bien suivre mon plan, j'abandonnerais mon manteau de fourrure à proximité de Silent Pool. La police le retrouverait, se précipiterait vers mon époux : « Colonel Christie, votre épouse portait-elle ce vêtement ? — Il était à sa mère, mais elle ne le mettait pas », hoquetterait Archie, dévasté. Alors, le policier chargé de l'enquête soupirerait : « Mrs Christie... Il faut vous préparer à une mauvaise nouvelle, monsieur... »

Pour bien faire, il ne faudrait pas que l'on retrouve mon corps avant quelques semaines. Ainsi il vivrait l'enfer pendant des heures et des jours. Et, je le souhaitais de toutes mes forces, cela entraînerait la destruction de sa liaison avec cette perruche de Miss Neele !

Une inconnue subsistait cependant. Mon mari allait-il appeler la police dans la journée ou attendrait-il plusieurs jours ? « Il restera silencieux, l'animal aura trop peur que l'on fouille sa vie privée, la bonne société de Sunningdale apprendrait sa liaison de soi-disant homme marié convenable avec cette godiche, c'est inconcevable pour Archie. Je ricanai : « On comprendra vite que mon suicide est le résultat de cet adultère, il sera mis au ban. »

C'est l'idée que j'aurais à coup sûr exploitée dans une énigme policière.

Les écrivains, à force d'inventer des histoires, connaissent bien, je crois, la technique propice à faire monter l'anxiété chez le lecteur. Bien sûr, pas les auteurs de romans sentimentaux. Ils n'ont pas d'outils à proprement parler puisqu'ils ne privilégient pas l'énigme, mais les émotions. Mais les créateurs de romans policiers comme moi ou Arthur Conan Doyle, le père de Sherlock Holmes, sont forcément maîtres en l'élaboration de plans. Conan Doyle et ses personnages, le Docteur Watson, Mrs Hudson, l'Inspecteur Lestrade... Sans eux, sans la lecture de leurs aventures, adolescente, jamais je ne me serais lancée à écrire des suspenses.

Regard attiré par un mouvement extérieur, je tournai la tête. Bien qu'il fasse encore sombre, un jeune homme faisait jouer son chien sur le bas-côté. Un potentiel témoin. Exactement ce qu'il fallait éviter.

Le Beagle en tous points conforme à ceux de notre roi, George V, allait et venait, un bâton dans la gueule. En d'autres temps, cette vision m'aurait ravie, à cette heure elle ne m'octroya aucun plaisir. Je me noyais dans la crainte que le garçon ne se retourne et n'aperçoive la Morris Cowley. J'étais la seule à en posséder une dans cette contrée.

Quittant la maison, j'avais été vigilante. À cinq heures du matin, tout le monde était bien endormi.

Les domestiques se lèveraient une demi-heure après ma fuite. Ma plus fidèle, Carlo, était à Londres, je lui en avais donné la permission, j'avais même insisté : « Dormez là-bas, Carlo, vous serez moins pressée. » Quant à mon mari, il était parti ronfler comme un labrador repu dans le cottage de Mr et Mrs James, nos amis, tout près de Godalming.

Au loin, fatras d'ombres, de reliefs flous, la route s'épaississait. Les arbres avaient des airs d'insectes géants comme on en trouve en Égypte ou en Méso-potamie. Je connaissais le chemin par cœur pour l'avoir emprunté lorsque nous rejoignions, mon mari et moi, notre résidence d'été, Greenway, ce paradis lové dans le Devon. Chaque année, Archie et moi y passions trois mois. Archie, même s'il ne l'exprimait pas, y était heureux. Depuis le jardin, nous allions admirer chaque soir l'estuaire niché en contrebas de la colline. Les fleurs nous paraissaient plus belles que jamais, surtout les roses. Nous n'étions que sourires et conversations tardives au coin du feu, même par temps chaud.

Mais voilà, cette fastueuse période était terminée, assassinée par ce menteur et sa garce poularde.

Il est stupéfiant de constater comme le temps qui fut celui de l'amour, de la douceur de vivre, nous apparaît plus intensément en période de malheur. « C'est bien dommage », pensai-je en engageant la voiture sur la route qui, ruban sombre, fend la forêt en deux et s'arque, bordée d'arbres centenaires.

Quelques branches étaient tombées, je ralentis et les contournai. Un lièvre s'en échappa. Oreilles rabattues, il ressemblait à la vieille peluche de notre fille, Rosalind.

Rosalind, j'y songeais étrangement peu. Pourtant elle était jeune, si bébé encore dans ses six ans. Je l'ai dit, toute forme d'affect ou de compassion pour ceux qui resteraient après moi, la notion même du sentiment de culpabilité s'étaient volatilisées. Et puis ma fille était peu attachée à moi, à cette époque, tout son amour allait vers son père. De jour en jour, j'en étais plus agacée.

L'objectif que je m'étais fixé me rendait glaciale. Aucune surprise n'était envisageable qui puisse entraver le plan mis au point. Il y a quelque chose de l'ordre du contrôle dans le suicide. Nous sommes le tueur à gages qui va officier sans aucun état d'âme. Un tueur à gages. Notre propre assassin.

Je tendis le cou. Il ne fallait pas que je manque le tournant qui, à la sortie de Sunningdale, s'élargissait après un immense terrain vague. À cette intersection, la route menant à Silent Pool s'élancerait, droite jusqu'à la forêt. Archie aimait prendre de la vitesse à cet endroit. Souvent assise à ses côtés, j'avais été effrayée. « Eh bien, nous aurions eu un accident que tout cela ne serait pas arrivé ! me dis-je avec froideur. Il n'aurait pas cédé à cette Nancy au derrière d'autruche ! » J'en étais encore là, à croire mon mari trop faible pour résister à cette créature aux lèvres peintes telles celles des prostituées qui sévissaient dans les quartiers mal famés de Londres. Il ne m'était pas encore venu à l'esprit qu'Archie était peut-être amoureux de cette jeune fille. Je comprends aujourd'hui combien la naïveté me protégeait.

À bonne vitesse, une Triumph me dépassa, je ne l'avais pas vue dans le rétroviseur. Vite, je tournai la tête vers le bas-côté. Voilà un élément perturbateur qui aurait pu mettre mon action en danger.

Habitée par l'insupportable image du couple formé par Archie et cette Nancy Neele, je poursuivis mon chemin. Respirer devenait difficile, je haletais en raidissant mon corps. « Calme-toi, Agatha, c'est l'angoisse, souviens-toi, ta mère subissait ce genre de crise quand elle était trop inquiète. "Ce n'est rien, il faut juste calmer la machine", jurait-elle. » De la main gauche, j'ouvris la vitre. Un peu d'air frais serait bénéfique

« Maman », murmurai-je. Maman, je venais de la perdre. Sa vertigineuse descente avait débuté alors que mon mari et sa perruche jouaient aux tourtereaux. Archie et Miss Neele, sa dactylo à la compagnie d'assurances où il travaillait ! C'était grotesque. Mon mari ne s'était-il donc pas rendu compte de la souffrance qu'engendrait en moi la maladie de ma mère ? Une vilaine bronchite et moult complications pulmonaires l'avaient précipitée vers la tombe. Et moi avec. Quel égoïste ! Comment pouvait-il tromper sa femme au moment le plus difficile de son existence ? La perte d'un parent est une telle épreuve.

Je domptai ma respiration, me concentrai sur la route. Silent Pool ne devait plus être très loin, dans une heure, une heure et demie, je serai arrivée à destination. Nul besoin de me référer à une carte routière, je connaissais le chemin par cœur. Le tout était que je ne dépasse pas l'étang sans le voir.

La voiture se mit à trembler, le moteur hoqueta une succession de pétarades. Ce n'était pas la première fois que cela arrivait. Généralement, après une sorte de grande toux, le moteur finissait par caler. Rien de dramatique car je pouvais dans la foulée faire venir le mari de l'une des domestiques. Muni de ses tenailles et tournevis, le brave se précipitait à l'endroit où j'avais échoué. Mais là, dans cette nuit sans lune, éloignée de mon port d'attache, impossible de trouver de l'aide.

J'appuyai sur l'accélérateur. Réussirais-je de cette manière à donner du rebond à la Morris Cowley ? J'y étais parvenue deux semaines auparavant. La voiture, après avoir calé, était repartie.

Sans doute opérai-je mal car en moins d'un quart de seconde, elle s'immobilisa. La panne ! L'événement qui ne pouvait survenir dans mon scénario tricoté avec soin. « Tu aurais dû faire vérifier le moteur ! Enfin quoi, Agatha Christie, reine du crime, me tançai-je, tu n'es plus bonne à rien ? » Voilà que je me parlais à la troisième personne, c'était grotesque.

Je me sentais comme un oiseau sans plumes, condamnée. Une sale sensation d'échec collait à mes pensées. « Oh repars, satanée voiture sale bête,

29

démarre donc ! » Mais ni le fait d'actionner encore et encore le démarreur ni mes coups de poing sur le volant ne redonnèrent du souffle à la mécanique. « Pas de chance », aurait murmuré Maman. En ce qui me concernait, ce fut : « Satanée ferraille, je te hais ! » Pourtant comme j'aimais cette Morris Cowley.

Les aiguilles de ma petite Cartier indiquaient minuit trente-cinq. Archie me l'avait offerte à son retour de Paris, il y était soi-disant en voyage d'affaires. Un cadeau de ce prix, ce n'était pas du tout dans ses habitudes. Il était plutôt de la race des écureuils, le mot « économie » était le socle de son quotidien. L'argent selon lui devait servir à l'entretien de la maison, des voitures, aux salaires des domestiques et aux dîners indispensables. Rien d'autre hormis quelques distractions autorisées qu'il régissait de mains de maître et parce qu'il les aimait, lui ! Golf, théâtre, salons de thé. Cette jolie Cartier en or… J'avais vite compris la raison de ce présent onéreux : le bougre n'était pas allé en France pour son travail, il était resté tout ce temps entre les bras de sa maîtresse. Quels poire et coing réunis j'avais été quand je l'avais remercié : « Quel beau bijou, Archie, *you're wonderful !* »

Tassée sur mon siège, mains sur les genoux, je n'étais plus que le rythme de ma respiration, les battements de mon pouls dans ma gorge serrée. Deux heures infinies déclinèrent leur lourdeur sur le cadran de ma montre. Hostile, pleine d'ombres, la nuit s'étalait autour de moi comme une bulle molle. Gagnée par le fatalisme, j'étais la proie d'une vilaine torpeur. La somnolence se mêlait à mes râles tandis que le vent, dehors, jouait avec les figures nocturnes.

Après avoir résisté au sommeil, je m'endormis.

Toutes sortes de scènes affreuses attaquèrent mes songes, les cauchemars se télescopaient, flot d'eau noire pénétrant dans la voiture, de boue s'infiltrant dans ma bouche, mon nez, mes oreilles. Enfin, ce fut la voix caverneuse d'Archie qui surgit : « Je ne supporte pas les gens tristes, malades ou malheureux, cela gâche tout pour moi, je t'avais prévenue, Agatha, je veux être heureux, je veux être heureux ! » Ce qu'il m'avait dit quelques heures plus tôt.

Quand je me réveillai, mes mâchoires tapaient l'une contre l'autre. J'étais finie, je n'avais plus qu'à attendre la mort, elle se déroulerait non comme je l'avais planifiée, dans les eaux sombres de Silent Pool, mais sur cette route, vers le lieu-dit de Newland Corner. À moins quinze degrés, le corps humain ne tient pas longtemps. Le froid serait mon assassin.

Le contour des arbres semblait plus défini, le brouillard était moins sombre. D'ici peu, il ferait jour. J'étais en train de me demander si je n'allais pas rejoindre Silent Pool à pied quand une camionnette vint sur la route, l'un de ses phares ne fonctionnait pas.

Une minute, deux minutes et le véhicule fut à ma hauteur. Un corps fluet en sortit. L'homme à la tête surmontée d'une casquette ressemblait à cet acteur,

John Gielgud[1] que nous avions admiré au théâtre, Archie et moi, deux années auparavant dans un sublime *Roméo et Juliette*.

— Une panne, madame ? Je vais regarder les entrailles de ce bijou, une Morris Cowley, on n'a pas la chance d'en voir souvent dans le Berkshire.

Il ouvrit le capot, farfouilla un moment dans le moteur. Je sortis de la voiture, frottai mes mains l'une contre l'autre et piétinai sur place pour me réchauffer.

— Belle mécanique, constata-t-il, ça fait long-temps que vous êtes là à attendre du secours ?

— Un peu, oui…

— Dans ce froid et la nuit, une dame comme vous, sans son mari, ce n'est pas bien.

Il replongea sa tête dans le ventre de la Morris. Je ne voyais que son dos, ses épaules et de temps en temps ses bras qui remontaient à la surface. Enfin, il sortit sa tête et ses mains du coffre, ouvrit la portière et pénétra dans la voiture. Il mit le contact, le moteur toussota puis, en une succession de sursauts, parut s'ébrouer. « Dieu est avec nous ! » s'exclama l'inconnu.

« Nous », il avait dit « nous », pourtant il était bien le seul à s'activer. L'incapacité des femmes à agir dans certaines situations m'a toujours révoltée. Pourquoi, Diable, ne nous apprend-on pas la mécanique comme à ces messieurs ? Il fallait que ça change si

---

1. Acteur britannique, 1904-2000.

on ne voulait pas rester cantonnées au salon ou à la cuisine.

Je remerciai mon sauveur :

— Mettre les doigts dans une Morris Cowley, c'est le genre de chose qui n'arrive qu'une fois dans la vie, ça !

Les aiguilles de ma Cartier indiquaient six heures vingt.

— En tout cas, madame, minauda-t-il, votre mari devrait faire plus attention à vous... Enfin, ce n'est pas mes affaires. C'est que vous êtes une bien belle dame... dit-il et un sourire séducteur inonda son visage.

Ainsi donc, malgré mes trente-six ans, ces rondeurs qui commençaient à s'installer, je pouvais plaire. Et à un homme un peu plus jeune que moi ! Nous nous serrâmes la main. La mienne dans la sienne avait l'air d'un chaton.

Dans un roman, à ce point de l'action, l'héroïne aurait été séduite par cet homme, sa virilité l'aurait conquise au point qu'elle renonce à son plan et oublie dans la minute son mari, sa volonté de mourir. Sa Morris Cowley éclairée par une lune bien présente aurait ressemblé à un feu follet dans la nuit. Adossé à sa camionnette, il aurait rougi. Lui se serait appelé Tom, j'aime beaucoup ce prénom, il est romanesque et promet mille surprises. Elle aurait été Barbara. Ensemble, Barbara et Tom auraient gagné la France et Dinard que j'ai découvert et adoré il y a bien longtemps. Ils se seraient aimés. J'aurais signé cette aventure sentimentale d'un pseudonyme car Agatha Christie, reine des intrigues, n'aurait pu la publier sans risquer d'être aussitôt qualifiée de « ridicule ».

Mais la vie n'est pas une fiction. Ce n'était pas l'amour que j'avais rencontré, mais bel et bien un possible témoin de ma présence à l'aube sur cette voie. « Un de trop ! » aurait commenté Hercule Poirot.

Je rallumai les phares et roulai une vingtaine de miles sans quitter le bas-côté des yeux, bientôt apparaîtrait ce terrain de Newland Corner derrière lequel était adossé l'étang. Le soleil, pâle comme une huître laiteuse, paraissait vouloir se lever, phénomène rare, l'hiver, en nos contrées. J'y vis un signe de sympathie envoyé par la nature, sa façon de me soutenir dans mon combat. Ce fut à cet instant que je distinguai, juste à droite après un minuscule pont, le bienvenu terrain vague longeant telle une virgule Silent Pool.

Une biche traversa, je ralentis. Elle s'arrêta et stoppa son mouvement, prise dans les phares ; je les éteignis aussitôt. Elle s'enfuit, je ressentis, pour elle, un vif soulagement. Ah les animaux, comme ils auront été importants dans ma vie ! Surtout mes chiens. Sans Peter, notre fox, je serais déjà morte depuis longtemps. Il m'offrait l'affection dont je manquais. Peter était un petit être exquis.

Un panneau de bois mangé par l'humidité apparut, il indiquait l'étang. Je quittai la route et m'enfonçai au-delà du terrain vague vers la forêt. Le brouillard s'épaississait à cet endroit. Je ne voyais rien qui ressemblât à un plan d'eau. Sans doute l'épais mur de ronces enchevêtrées qui me faisait face le cachait-il. Je décidai de m'arrêter. J'avais commis une erreur. Un assassin fait du repérage avant d'opérer. J'avais négligé cette étape. Et il m'était impossible, comme dans un livre, de revenir en arrière, de réorganiser l'histoire afin qu'elle soit, de bout en bout, parfaite.

— Que ferait le tueur dans ce cas ?

Je me répondis dans la seconde, voix ferme et assurée :

— Il ne resterait pas piégé dans cet habitacle et vite s'activerait avant que ne surgisse un potentiel témoin.

Dans mon esprit, la voix imaginaire d'Hercule Poirot débarqua, moqueuse : « Voilà que le scénario s'écrit malgré toi, Agatha Christie, tu es dépassée ! Ah ma créatrice, comme tu es pataude dans la réalité ! Je t'aurais crue plus maligne. »

Hébétée, je quittai mon siège et claquai la portière. J'avançai à petits pas dans la brume et, enfin, découvrit l'étendue sombre de Silent Pool. Je l'ignorais, ce lieu-dit était composé non pas d'un étang, mais de deux. Ils ressemblaient aux ailes dépliées d'un papillon.

Toutes sortes de végétation sortaient de l'eau, des plantes aquatiques sauvages, mais aussi de longues feuilles fines campées sur des territoires moussus. J'avais lu dans le journal qu'une Austin s'était enfoncée dans ces eaux après une course folle dans les bois,

35

jamais on ne l'avait retrouvée. À plusieurs reprises l'eau avait été sondé. Sans résultats. Dans lequel des deux étangs le véhicule avait-il disparu ?

Je revenais vers ma voiture quand j'entendis le cri de merles affamés. Je levai la tête en pensant à ma fille. Qu'allait devenir Rosalind sans moi ? « Elle t'oubliera vite. Ses yeux sont hélas entiers tournés vers son père. Et Archie en rajoute, il ne cesse, quand il n'est pas avec Miss Neele, de jouer avec elle et de lui lire des histoires. »

Le jour était presque levé, je propulsai la Morris le plus rapidement et le plus loin possible vers l'étang. Les roues patinèrent quelques secondes. Yeux fermés, je murmurai, glaciale et raide : « C'en est fini pour toi. » Puis, tout s'accéléra. D'un coup, la voiture parut bondir, enfin se déporta, j'ouvris les yeux, juste le temps de voir cet arbre, celui sur lequel la voiture se précipita tel un poing sur le visage d'un boxeur. Ma dernière pensée fut : « Hercule Poirot meurt avec moi. »

Le choc fut si violent que ma tête heurta le volant. Je perdis connaissance. Ce fut le noir, le vide. Puis le froid qui me réveilla. Et tout autour de la voiture, des ombres gigantesques, des craquements.

Quelques minutes, je restai sans bouger, choquée. « Que se passe-t-il, Agatha, que se passe-t-il ? » me dis-je enfin, reprenant conscience.

Je sentis mon front meurtri et l'essuyai avec les doigts. Du sang. Il ne coulait pas, il stagnait. Je voulus regarder ma blessure dans le rétroviseur, mais dans la violence de l'impact celui-ci était tombé. Il gisait sous mes pieds. Je le ramassai.

Dans son miroir, je constatai que mon nez était intact, mais ma joue égratignée. « Rien de grave », soupirai-je et je sortis le mouchoir de Maman, je ne le quittais plus depuis son décès. Elle s'était éteinte en le tenant dans sa main.

Puis des plaintes animales jaillirent de ma gorge, « je n'en peux plus, je n'en peux plus de cette vie, Maman s'il te plaît, reviens ». Je ne maîtrisais plus rien, c'était insupportable. Comment Agatha Christie avait-elle à ce point perdu le contrôle de l'histoire en cours, la plus importante de sa vie ?

Quant à ce moteur du diable, l'accident ne l'avait pas occis. Lui pourtant si fragile, ronronnait comme un matou confiant.

Vint alors cette phrase : « La mort n'a pas voulu de moi, ma mère m'a protégée. »

Écrire ce pan de mon existence me fait honte.

Le devant de la voiture était enfoncé, pas autant que je l'aurais imaginé dans un roman. Décrivant cette scène, j'aurais fait se retourner la Morris, exploser son radiateur. Des flammes auraient jailli. L'héroïne restée vivante aurait eu un mal de chien à sortir de l'habitacle. Les portières auraient résisté à ses efforts et à sa soudaine volonté de survie.

Mais la réalité se révélait tout autre. J'étais bel et bien sauve, à peine blessée, et la voiture n'était pas très abîmée. Comme je m'agaçais moi-même ! J'avais raté l'étang ! J'avais manqué mon suicide ! Aujour-d'hui j'en souris, on me dit reine du crime, mais je fus incapable de me tuer.

« Bon sang, pourquoi ai-je fermé les yeux en lançant la voiture dans la pente », articulai-je.

« Puisque c'est comme ça, tant pis, c'est que je dois vivre ! » Je me souviens avoir prononcé cette phrase et je me rappelle également sur quel ton je l'ai émise.

Je me sentis soudain soulagée d'un immense poids, je ne mourrai pas aujourd'hui, ni demain, plus question de mettre fin à mes jours. À la seconde que je crus être la dernière de ma vie, je dois l'avouer, j'avais supplié à la voiture de stopper son allure, à ma mère de me sauver, « non, je ne veux pas mourir, Maman, Maman ». La peur avait été si grande.

Ma main effleura alors la ceinture de ma jupe. J'avais enfoui juste en dessous une importante somme d'argent. Je m'en étais munie « au cas où… » ne réalisant pas que ce geste m'octroyait la possibilité de revenir sur ma décision. Ce que l'humain peut être dupe de lui-même ! On ne sait si l'on veut vraiment en finir avec la vie qu'au moment même où cela se produit.

Revenue de cette obsession d'en finir, je me redressai, pressai la poignée de la porte. Je devais me dégager de cette voiture du diable.

D'épais taillis maintenaient la portière prisonnière. Je me contorsionnai pour passer sur le siège arrière. Ce n'était pas aisé, mais la porte peut-être céderait et me laisserait m'extirper de ce qui devait être mon cercueil.

Après moult contorsions, je réussis à l'ouvrir. « Agatha, pas si vite ! Le Manteau ! me dis-je. Il faut que tu le laisses sur la banquette arrière, tel un indice.

J'enlevai et jetai la fourrure au fond de la Morris, ce vêtement que je n'avais quitté ni de jour ni de nuit depuis le décès de ma mère. Avachi, il avait l'air d'un gros chien endormi. Triste de cet abandon, je le regardai quelques secondes et lançai comme je le faisais à Peter quand je quittais la maison : « Sois sage, je reviens. » C'était un peu comme si j'enterrais une nouvelle fois ma mère.

Je me libérai de la voiture. Mes pieds s'enfoncèrent dans la boue en un bruit de succion. Mais je revins sur mes pas. Pour que le suicide soit encore plus crédible, je décidai de laisser aussi mon sac à main et ma carte d'identité.

Sans manteau, juste en gilet, j'étais transie de froid.

Un saule pleurait au bord de l'eau, ses branches tombaient telles des virgules tristes. L'étang était à quelques mètres. J'étais toujours en vie, le constat était nimbé d'irréalité. Que devais-je faire maintenant ?

Aucune trace humaine alentour, seulement un gros oiseau dont je ne connaissais pas le nom.

Six heures quarante à ma montre-bracelet. Bientôt le jour serait levé, on pourrait m'apercevoir. Je devais quitter cet endroit de malheur et vite. Mon plan était tombé à l'eau, il fallait que je parvienne à en mettre un autre au point. Mais, dans l'état d'angoisse qui m'avait en quelques poignées de minutes absorbée, je n'étais plus capable de réfléchir avec intelligence.

« Archie, vous allez me le payer ! »

À cinquante mètres, comme posée sur un nid de feuilles mortes, j'aperçus une petite cabane de pêcheur. M'en approcher était risqué. Si un homme y préparait ses lignes, j'étais faite.

Les pieds et les mains gelés, j'en fis le tour. « Ne prends aucun risque ! me lançai-je une nouvelle fois. — Oui, c'est bien, j'ai compris ! » me répondis-je comme si je m'agaçais moi-même. Je dois l'avouer, ce n'était pas la première fois que j'étais énervée par ma propre personne. Souvent, je me trouvais mièvre, sans doute parce qu'Archie haussait souvent les épaules lorsque je parlais, il paraissait alors me prendre pour une gourde. J'avais toute ma vie affiché une solidité sans faille. Je me sentais désormais aussi fragile qu'une porcelaine. La mort de Maman survenue après une vilaine bronchite et moult complications pulmonaires n'avait rien arrangé.

À mi-pas, je m'approchai de la porte. Dans un roman, au moment où le personnage principal ayant raté son suicide rencontre cette cabane, qu'aurais-je écrit ? m'interrogeai-je tout à coup comme si la réponse pouvait me sauver de cette effroyable situation dans laquelle je me trouvais. Je me concentrai, les idées surgirent aussitôt, fidèles au poste : j'aurais imaginé la femme poussant la porte de la cabane, elle serait entrée, c'est certain, le pêcheur n'aurait pas été là, assoiffée, elle aurait cherché de l'eau. Puis d'un coup, elle aurait eu peur d'être surprise et c'est là, à ce point charnière de l'histoire, que l'homme serait arrivé, un beau quadragénaire mal rasé à la voix douce, réconfortante…

Alors, elle aurait…

Aurait quoi ?

— Je ne sais pas, geignis-je.

Aucune trace de vie à l'intérieur de la maison en rondins, pas un reflet de bougie, pas un grincement de bois. Rassurée, j'y pénétrai. Une tête de cerf empaillée, accrochée au-dessus d'un meuble fait de caisses peintes en rouge attira mon attention. Puis un autre meuble auquel il manquait un pied.

Devais-je laisser ici aussi un indice ? Quelque chose qui déchirerait mon mari quand il réfléchirait à mon errance avant de sombrer dans l'étang. Il fallait qu'il comprenne combien la décision de mourir avait été horrible, pas qu'il imagine cet acte dû à un simple accès d'humeur. « Qu'il souffre, n'en dorme plus ! » psalmodiai-je.

Le poudrier que Maman m'avait offert pour mon anniversaire, mon mari n'ignorait pas combien j'y étais attachée, plus encore qu'au manteau, c'était la parfaite indication de mon passage en ces lieux ! Il y verrait la dernière pause de la condamnée, cette épouse souffrant le martyre, terrorisée à l'idée de se noyer, qui se serait réfugiée là pour prier, évidemment pour prier.

41

Les interrogations volaient dans ma tête comme des chauves-souris affolées : devais-je aussi rédiger un mot, un adieu ?

Je cherchai un morceau de papier quelque part, la poussière volait à chacun de mes pas, j'éternuai tout en soulevant les caisses rouges.

Deux cartes postales étaient glissées sous un vieux dictionnaire, une édition que j'appréciais pour son sérieux. On voyait sur l'une le château de Westminster, sur l'autre le site archéologique de Stonehenge. Je les retournai. Rien n'y était rédigé.

J'attrapai le stylo qui était bien à sa place dans la poche de mon gilet, et, doigts gourds et transis, j'écrivis derrière la représentation de Westminster : « Je, soussignée, Agatha Mary Clarissa Miller, épouse Christie, née le 15 septembre 1890 à Torquay de Frederick Alvah Miller et de Clarisse Margaret Boehmer, avoir décidé de me donner la mort ce 3 décembre 1926 par noyade. Personne ne m'y a contrainte. » J'hésitai à poser un point final. Puis, dressant le stylo comme une épée déterminée à en découdre, j'inscrivis : « Adieu. »

Alors, ce fut comme un coup de fouet dans mon esprit, je murmurai, autoritaire avec moi-même : « Déchire cette carte, récupère la pièce d'identité, ton sac, ton manteau sur la banquette arrière de la Morris, ça suffit. Tu perds du temps, quitte vite cet endroit et file à Londres, tu y verras Nan, vous pourrez parler de tout cela et réfléchir. » « Je sais comment faire revenir votre mari ! » m'avait clamé Nan quelques semaines plus tôt.

« Nan, murmurai-je, heureusement que je vous ai. »

Non loin de Newland Corner et donc de Silent Pool, se trouvait la gare de West Clandon. Des chats sauvages y avaient élu domicile et le chef de station ne s'était jamais résolu à les chasser. L'un des collaborateurs de mon éditeur m'avait parlé de ce lieu, on le disait maléfique, une sorcière y aurait vécu au siècle dernier, elle se nourrissait des félins et avait fini transformée en matou géant. J'avais été amusée par cette légende et, un matin, accompagnée de ma secrétaire, Carlo, je m'étais rendue sur les lieux pour tenter d'y trouver le décor d'un nouveau roman.

Sans nul doute, un train pour Londres passerait par là. Mais où se situait cette gare. À ma droite ou ma gauche ?

Devant moi, à une cinquantaine de mètres, un couple marchait. « *Thank God !* » Le mari portait deux valises ! La chance revenait, de toute évidence, la femme et l'homme se rendaient à la gare. Je me glissai dans leurs pas tout en gardant une bonne distance. « Ils ne doivent pas te repérer, Agatha, pas une voix ne doit affirmer t'avoir croisée ici. » La phrase n'en finissait plus de faire des ricochets dans ma tête.

Un quart d'heure et quelques essoufflements plus tard, la petite station de West Clandon m'apparut. Située à fleur de prairie et de rivière, elle avait l'allure d'une aquarelle.

43

Je me redressai avant d'y entrer. Je devais paraître sûre de moi, ne pas attirer l'attention. Sur le panneau d'affichage, le premier train pour Londres était annoncé dans une demi-heure. En moins d'une demi-journée, je serais aux côtés de Nan, elle m'accueillerait avec un immense sourire, dans son *home* aux confortables canapés, je pourrais déposer les armes.

— Mais si Rodney est là ? S'il m'aperçoit, mon mari sera vite au courant, relation de club et de golf, ça crée des liens... frémis-je.

— Alors, tu iras dans un hôtel. Nan t'en conseillera un, Agatha.

Une onde de fierté m'inonda, ouf je reprenais les rênes de mon histoire, Agatha Christie n'avait pas dit son dernier mot !

Déterminée, je baissai mon chapeau cloche à la limite de mes sourcils, ramenai mon écharpe sur ma bouche et me dirigeai vers le guichet. En bois foncé, il sentait fort la cire d'abeille, le chef de gare devait avoir épousé une maniaque. « Un billet pour Londres, s'il vous plaît », demandai-je en imitant l'accent écossais. Et je retins un sourire en lisant l'heure affichée sur la grosse pendule me faisant face. Sept heures quinze. L'heure exacte à laquelle mon mari se levait.

J'imaginai la tête d'Archie découvrant ma disparition : « *My god ! Where is Mrs Christie ?* »

*Mon mari face à notre domestique n'en finissait plus
de renifler. Un mauvais rhume l'attaquait.*

ARCHIE : Mais enfin, où est passée ma femme ?
Elle n'est pas dans la maison, elle n'est pas dehors, sa
voiture n'est plus là, tous les tiroirs de sa commode
sont ouverts, que se passe-t-il ? Parlez, ma fille !

LA DOMESTIQUE : J'ai vu la voiture foncer dans
l'allée, Mrs Christie la conduisait. Je me suis dit
qu'elle allait avoir un accident à rouler aussi vite dans
un tel brouillard, et les pneus...

ARCHIE : Les pneus ? Parlez, ma fille !

LA DOMESTIQUE : Les pneus ont crissé sur le gravier. J'ai cru qu'ils allaient exploser. Cette vitesse...

ARCHIE : Quelle direction a-t-elle prise ?

LA DOMESTIQUE : Je n'ai pas vu. Comme je vous
le disais, le brouillard et...

ARCHIE : C'est bon, Ethel, j'ai compris.

LA DOMESTIQUE : La dispute... peut-être à cause
de cette dispute, je ne devrais pas en parler, mais hier
soir, Monsieur et Madame ont parlé fort... Madame
pleurait cette nuit... Je l'ai entendue...

ARCHIE : Vous écoutez donc aux portes, ma fille !

45

LA DOMESTIQUE : Oh non, Monsieur ! Qu'est-ce que Monsieur va s'imaginer, non, non, je vous le jure, je vous le jure ! C'est que Madame criait. Alors j'ai forcément entendu… Madame a si peur que vous divorciez, je ne l'ai jamais vu dans un état pareil…

ARCHIE : Madame ne pleurait pas ! Et je n'ai jamais parlé de divorcer. Reprenez vos esprits ! Que je ne vous entende pas raconter ces fadaises à l'office ou dans les couloirs. Si Mrs Christie pleurait, c'est à cause de son deuil ! N'oubliez pas qu'elle vient de perdre sa mère ! Il n'y a pas eu de dispute, c'est compris ? Maintenant, retournez en cuisine.

LA DOMESTIQUE : Oui, Monsieur, bien sûr, comme vous voulez, il n'y a pas eu de dispute, non, pas eu. Madame avait juste du chagrin, sa mère vient de mourir…

ARCHIE : Bien, Ethel, vous êtes une bonne fille, voilà la vérité, je vous sais gré de le reconnaître.

4 décembre 1926

Faut-il pardonner à son mari quand il vous trompe ?

Au début, j'aurais juré que oui. D'autant qu'Archie m'avait promis, yeux de cocker et menton tremblant : « Ça ne se reproduira plus, plus jamais, ma chère, je vous le jure sur la tête de ma mère. »

— C'est ridicule, mon ami, votre mère est morte depuis longtemps.

— Sur la tête de votre mère alors, Agatha !

— La mienne est partie aussi, il y a peu de temps, êtes-vous donc devenu amnésique, Archie ?

— Sur la tête de nos chiens !

— D'abord, ce sont mes chiens ! Et ensuite, je ne vous permets pas de les mettre en danger.

— Alors, sur quelle tête, ma chérie ?

— Sur la vôtre, Archibald !

— Très bien, je jure sur ma propre tête que c'en est fini de Nancy !

Ce fut à peu près notre échange.

J'avais repris confiance. Un homme tel qu'Archie était bien trop lâche et peureux pour prendre des risques avec sa propre vie.

Quelques semaines étaient passées. Mon mari me tournait toujours le dos la nuit, mais, au matin, m'apportait mon thé au lit, souvent avec un œuf poché, mon péché mignon, du pain beurré et un vase où se dressait une fleur. Je le trouvais plein d'attentions. La vie semblait avoir repris son cours tranquille. Nous retournions ensemble chez Lizbeth, au golf, au théâtre. J'écrivais à nouveau, mon futur livre était déjà programmé, il n'y avait plus qu'à être disciplinée, travailler chaque jour. Sereine, j'envisageais notre futur.

Puis, à nouveau, Archie était rentré après minuit à la maison, de plus en plus souvent, et d'invraisemblables sornettes étaient sorties de son gosier parjure : sa voiture n'avait pas démarré, il avait perdu des heures à chercher quelqu'un pour le dépanner, c'est pour cela qu'il était en retard pour le dîner. Ou il avait oublié son portefeuille au bureau et avait dû faire demi-tour. J'avais recommencé à poursuivre des indices de sa trahison. Facile lorsque l'on a la passion de l'enquête dans la peau. Hercule Poirot n'aurait lui-même pas eu beaucoup d'efforts à fournir pour confondre Archie : rouge à lèvres sur le col de sa chemise, cheveux longs sur l'épaule de sa veste et dans la poche de son pantalon, mot doux avec écrit « Je t'aime. »

Il m'avait raconté qu'une nouvelle fois il s'était laissé amadouer malgré lui par Miss Neele.

— Elle est malade et a mille problèmes avec sa famille et son père mourant. Il aurait été inhumain de la laisser seule ainsi dévastée.

Brave époux, prêt à gagner le Paradis, n'est-ce pas ?

— Vous pouvez, tant que vous y êtes, Archibald, faire le signe de croix et allumer un cierge dans le salon ! avais-je ironisé afin d'interrompre la mascarade.

À la gare de Londres, ce matin du 4 décembre 1926, les images de ce passé si proche me harcelaient. Je m'assis un moment sur un banc, de la rouille parsemait ses accoudoirs… « Comme elle attaquait notre couple », ruminai-je. Je me redressai. Il me fallait faire fi de tout cela, faire le point, rester de marbre, tendue vers mon plan, établir les différents points tels des chapitres de ce qui allait désormais se passer. Et surtout me confier à Nan. Me réfugier dans son giron.

Nan. Mon amie, ma confidente. Cette femme était pleine de qualités que j'ai rarement rencontrées. Patiente, rieuse quoi qu'il arrive, loyale, intelligente, toujours de bon conseil. Et surtout, les hommes et ce qu'ils ont dans la tête, elle connaissait mieux que personne. Nan, comme moi, était en souffrance, son époux s'en donnait à cœur joie avec une jeune vendeuse de Londres rencontrée lors du mariage d'un cousin. Évidemment, cette créature était plus jeune, plus menue, et sa lingerie, ciel, sa lingerie ! Nan avait trouvé dans le plus profond tiroir du bureau de Rodney un paquet de taille imposante, « gros comme trois sacs à main », m'avait-elle confié en larmes. « Un paquet trop joliment emballé pour être honnête. » Nan l'avait ouvert. À l'intérieur, deux soutiens-gorge et une guêpière en dentelle. Sa couleur était improbable : rouge.

— Rouge ! m'étais-je exclamée.

— Oui, rouge, je ne savais même pas que ça existait, je n'ai jamais vu ça ni chez *Harrods*, ni chez *Selfridges*.

— Je ne comprends pas, Nan.

— Rouge comme une tomate, ou une cerise, s'était agacée Nan, enfin Agatha vous savez ce qu'est le rouge ! Revenez sur terre, s'il vous plaît ! En matière d'amour, vous êtes un peu, un peu…

— Sotte, je sais.

— Ce n'est pas ce que j'ai voulu dire… Bref, Rodney voulait offrir cette chose du Diable à sa maîtresse, il y avait aussi un soutien-gorge avec une fleur au niveau, au niveau de… au niveau de… enfin vous voyez Agatha…

Nan avait alors posé ses index sur les pointes de ses seins. Elle avait fermé les yeux, quand elle les rouvrit, ils étaient embués. Je craignis des sanglots, mais au lieu de larmes et de hoquet, au lieu d'un sanglot, ce fut un éclat de rire qui la fit rebondir sur son siège.

— Bien sûr que ça n'existe pas de pareilles choses, Nan, vous vous moquez !

— Vous êtes d'une naïveté, Agatha.

Elle se tut, renifla en fixant sa jolie montre. Sans doute aussi un cadeau synonyme d'adultère.

— Pensez-vous que toute femme mariée est un jour trompée ? émis-je en fixant le bijou.

— Je le pense, oui.

— Eh bien moi, non. Peut-être suis-je une incorrigible sentimentale car je crois que les beaux mariages existent, longs et solides, résistant à toute épreuve.

Dans le hall de gare, où odeurs d'huile et vapeur vous assaillaient comme les cris d'un enfant en bas âge et le bourdonnement de conversations inaudibles, j'étais désemparée.

« Je suis en mille morceaux. Oh Archie, dans quelle situation je me trouve à cause de vous. Nan, j'ai besoin de votre soutien », murmurai-je.

Je me levai en toute hâte, et sortis de la gare. Il fallait que je trouve un endroit d'où téléphoner à mon amie pour la prévenir de mon arrivée. Si son mari n'était pas absent, elle me conseillerait un hôtel. Mais le numéro de téléphone de Nan... il était dans mon sac à main, dans la Morris Cowley !

Tel un petit soldat n'obéissant qu'à sa propre autorité, je me mis en marche, je n'avais que ce choix, me rendre à l'improviste chez Nan, le comble du non-savoir-vivre. L'adresse, je la connaissais par cœur, 78 Chelsea Park Gardens. Je traînai ma carcasse sur cinq cents mètres. La faiblesse me gagnait quand j'aperçus une épicerie qui se présentait juste en face de moi. Un vrai cadeau. Je m'y précipitai. « Auriez-vous de l'eau, des fruits, s'il vous plaît ? »

La commerçante remua la tête et me servit. Je sortis quelques pièces de la poche de mon gilet. Dans un petit miroir accroché au coin d'un mur, je vis mon reflet, ciel, j'avais l'air d'une folle, le front écorché, une mèche de cheveux échappée de ma coiffure disciplinée. L'épicière rivait son regard sur moi. Ce fut instantané, je réalisai l'interrogation qui volait et butait contre les parois de sa boîte crânienne, elle fouillait ses souvenirs : « J'ai déjà vu cette cliente... »

C'est là que je le vis, fatigué, écorné, pages ouvertes retournées contre le bois lourd du comptoir, mon livre *Le Meurtre de Roger Ackroyd*.

— Je vous connais, mais je ne sais plus d'où, hésita la femme avec l'accent des faubourgs de Londres.

— Non, non, je ne crois pas, émis-je et les six syllabes parurent se coller à mes cordes vocales.

Terrorisée à l'idée qu'elle puisse témoigner de ma présence en la capitale, je lançai un au revoir sourd et sortis de la boutique. Me fondre dans la foule. Baisser la tête quoi qu'il arrive. Ne jamais rester sur place plus de quelques secondes. « Mon personnage ne doit plus m'échapper de la sorte ! Ne prends pas de risque inutile ! Tu n'aurais pas dû entrer dans cette échoppe ! »

Le premier chapitre m'avait sortie de Silent Pool ; dans le second, je partais à pied à travers les rues de Londres rejoindre ma confidente ; que serait le troisième ?

Rejoindre Nan au plus vite, il le fallait.

Londres. J'aime cette ville. J'y ai des relations de longue date et des souvenirs de jolis et vastes parcs, de salons de thé aux teintes délicates et de spectacles grandioses. Avant qu'il ne me trompe, Archie et moi avions pour projet de venir résider ici quelque temps. Il disait avoir trouvé une petite maison à louer du côté de Portobello Road. « Le marché aux puces fera votre joie, avait-il lancé, taquin, vous pourrez y exercer vos talents de fouineuse, compléter votre collection de porcelaines... et puis, au théâtre, nous pourrions sortir chaque soir. Godfrey Tearle [1] devrait, d'après certains bruits, interpréter une adaptation d'*Oliver Twist* de Charles Dickens, vous avez tant de fois relu ce livre, ma chérie. » J'avais vu dans la gentillesse de mon époux le gage de sa profonde affection.

« Quelle belle idée était-ce, soupirai-je. Nous aurions été joyeux, Archie et moi, au cœur du printemps londonien. Nous serions aussi allés au musée, aurions marché au bord de la Tamise. »

Je revoyais le couple de mes parents. Solide, ancré, beau à regarder, rassurant, souvent joyeux, il faisait

1. Acteur américain, 1884-1953, ayant vécu à Londres.

référence tout autour de nous. « C'est un mariage parfait. » J'ajouterais : « Une histoire d'amour typiquement victorienne, riche d'une vraie profondeur de sentiments. » Durant des années, il m'avait semblé que rien n'était plus naturel : on se marie, on fonde une famille, on s'aime toute la vie. Il suffisait de « trouver la bonne personne, l'esprit complémentaire », ce que préconisait Maman. Et Papa, cet être si bon, si simple et si bienveillant, renchérissait.

La nostalgie monta, voilà que soudain je regrettais ma fugue. « Pas de faiblesse, reprends-toi ! Ne recule pas. Je te l'interdis, Agatha, ne t'éloigne pas de ta ligne de conduite. »

Malgré ces ordres, le diablotin en moi ne s'arrêta pas : « N'aurais-tu pas, Agatha, dû être davantage patiente ? Archie t'a expliqué, souviens-toi : "Certains hommes ne peuvent résister au péché de chair, ils en souffrent, je vous assure." »

« Tu peux encore faire demi-tour, Agatha, rentrer à Sunningdale. » Prête à revenir au point de départ, je sentis mes yeux s'embuer. S'imposait tout à coup à moi la vision du corps nu de mon mari collé à celui de cette fille. Mue par je ne sais quel instinct de survie, je m'élançai vers un taxi à l'arrêt, m'y enfournai, tête baissée, nez dans mon écharpe, forçai un accent écossais et indiquai : « 78 Chelsea Park Gardens. » L'adresse de Nan et Rodney.

Un quart d'heure plus tard, frigorifiée, je me trouvais devant cette belle maison de style Tudor où demeurait ma confidente. « Si Rodney est là… c'est la catastrophe… Vérifie sous le porche. Leur voiture, une somptueuse Delage, tu la reconnaîtras. »

Pas trace de véhicule dans les parages ; Rodney était absent. Rassurée, j'appuyai mon index sur la sonnette. Et Nan apparut tout sourire.

— Agatha, quelle bonne surprise !

Son regard s'embruma, ses mains se crispèrent :

— Que vous est-il arrivé ? Votre front est tout éraflé… Entrez…

— Votre mari est-il là, Nan ? Je n'ai pas vu sa voiture…

— Il est absent pour deux jours… Mais, ma chère, je ne me souviens pas que nous étions convenues de nous voir aujourd'hui. Que se passe-t-il ?

— Archibald demande le divorce. Je me suis enfuie. Je ne sais pas où aller…

— Cette blessure… Archibald vous a frappée ?

— Non, non, j'ai simplement, simplement…

— Simplement quoi ?

— J'ai voulu me noyer.

— Vous noyer ? Mon Dieu ! Agatha, entrez vite. Heureusement que j'ai donné congé aux domestiques, j'avais besoin de solitude, quelle chance.

Dans un parfum de thé tout juste infusé, mon amie m'entraîna et referma la porte sur nous. La panique se lisait sur son visage :

— Vite, allons dans le salon, mon amie, ciel qu'avez-vous fait ? Vous noyer ! Vous plaisantez, *isn't it* ? Vous n'avez pas tenté une chose pareille ? Ce serait démoniaque.

— Disons que j'y ai juste songé, me repris-je craignant Nan tout à coup.

Affolée, n'allait-elle pas appeler l'un de ces médecins qui n'hésitent pas à mener à l'asile ? Pour une tentative de suicide, une voisine, Myrna Randolph avait subi un enfermement et une série d'électrochocs. On la disait revenue chez elle, mais engourdie du matin au soir, abasourdie, ne cessant de répéter : « Il y a des oiseaux dans ma tête, je les entends, ils chantent sans cesse. » « Myrna Randolph, cette garce provocante, avait des vues sur Archie... grinçai-je. Mais celle-là n'est pas arrivée à ses fins, *Thank God*... »

Nan fronçait les sourcils :

— J'ai peine à vous croire, Agatha, vous êtes dans un tel état, je me demande si vous n'avez pas vraiment fait cette tentative...

— Oui, Nan, je l'avoue, j'ai essayé...

— Et vous n'avez pas réussi, Mon Dieu merci !

— Ma voiture lancée vers l'étang de Silent Pool a malencontreusement atterri dans les buissons puis contre un arbre.

Les yeux de mon amie s'embuèrent. Elle serrait les poings et sa gorge se contractait d'une manière étrange, un peu comme si elle avait avalé une guêpe :

— Vous n'avez pas le droit Agatha ! Pensez à Rosalind, elle n'a que six ans, vous n'avez pas le droit, pas le droit, pas le droit de lui faire ça !

— Rosalind adore son père... bredouillai-je.

— Je vois, je vois, répéta Nan l'air vaincu avant de changer de conversation. Il faut nettoyer votre blessure.

Elle fila vers la salle d'eau et revint avec un linge mouillé et un tube de pommade. Ses doigts sur ma plaie étaient ceux d'une mère. « Voilà, ça va se résorber en trois ou quatre jours, ce n'est qu'une vilaine éraflure, mais vous risquez tout de même la cicatrice. »

Dehors, un bruit de grosse caisse bouleversa l'ambiance ouateuse du salon. Elle fixa le *bow-window*.

— Ce sont les musiciens de la fanfare, dit-elle, ils préparent un défilé pour *Thank's Giving*. C'est de plus en plus courant à Londres, toute occasion semble bonne pour un défilé, cela agace mes oreilles, mais il faut être de son temps n'est-ce pas ?

— Être de son temps, oui, fis-je écho pour être polie.

J'étais soulagée de ne pas me faire une nouvelle fois réprimander par Nan à propos de Silent Pool.

— En tout cas, enchaîna-t-elle, il ne faut pas que l'on vous voie ici. Je vais faire avertir les domestiques que leur congé se prolonge jusqu'au retour de Rodney, il suffit que je prétexte une migraine. Dites-moi, personne ne vous a vue essayer de... essayer de vous sui...

— Non, aucun témoin, Nan.

Mensonge. Mais comment lui expliquer à quel point j'avais commis des erreurs et lui avouer combien de personnes m'avaient croisée, l'homme qui m'avait dépannée, une épicière. Le chauffeur de taxi, par chance, ne m'avait même pas regardée.

— Jurez-moi que vous ne tenterez pas à nouveau de vous… de vous… ? hoqueta Nan comme si le simple fait de prononcer les trois syllabes de « suicide » était déjà acte fatal.

— Je vous le promets.

— Vous n'avez pas sur vous de ces poisons que vous connaissez bien ?

— Je vous le jure.

Nan esquissa un sourire, mais il me parut feint.

— Bien, je vous crois, Agatha !

Les poisons, je savais effectivement m'en servir. La connaissance de ces substances venait de mon activité d'infirmière dans les hôpitaux, pendant la guerre. Je m'y étais engagée dans un détachement de secours volontaire et étais vite devenue assistante chimiste. C'est ainsi que j'ai obtenu mon diplôme de pharmacienne en 1917. Préparant les remèdes pour les blessés, j'étais devenue experte en l'art dangereux de mélanger strychnine et autres substances dangereuses. Les administrer selon des posologies précises avait permis à nombre de soldats de moins souffrir. Il n'y avait pas une journée où ne me revenaient en mémoire les cris terribles de ces malheureux militaires aux plaies suintantes, aux membres fracassés et le regard de cet officier galant qui avait perdu un œil. Lionel, c'était son prénom. Je n'ai jamais su autre chose de lui. Matin et soir, je nettoyais son regard mort, le pansais et ses mots me brisaient. « J'aurais voulu ne jamais vous faire vivre ce que je vous inflige », ne cessait-il de répéter.

Nan connaissait ce pan de ma vie. Mais je n'avais pu lui donner de détails. Les atrocités ne se partagent pas, elles creusent la solitude humaine.

Elle essuya une larme, murmura : « Vous êtes ma seule vraie amie, que deviendrais-je sans vous ? » et, désolée de s'être livrée sans pudeur, se leva, fila dans la cuisine et revint chargée d'un immense plateau en argent. Pancakes, bacon, pots de confitures et de marmelade, Nan n'avait rien oublié.

— Désaltérez-vous, ma chère, ce thé est unique, il vient de Chine.

— Merci, Nan, si vous n'étiez pas là… je…

— Je suis là, chuchota Nan en tapotant ma main.

Lovée à ses côtés dans le grand canapé souple installé dans le *bow-window*, je bus à petites gorgées le précieux thé au jasmin et avalai plus que ne dégustai ces quelques victuailles.

— Votre mari, Agatha, a-t-il parlé de divorce parce qu'il était en colère ?

— Je vous assure, il veut épouser cette Miss Neele.

— Sa dactylo ! Ciel, mais il est donc devenu fou ! Cette jeunesse lui a tourné la tête !

Je narrai et détaillai les nuits passées seule depuis des semaines, les humiliations subies, les mots blessants, le regard apitoyé des domestiques, témoins de nos disputes. J'étais misérable. Maman aurait eu honte de moi. Étaler ses problèmes conjugaux, le comble du mauvais goût selon elle, était un aveu terrible de faiblesse.

Nan se recroquevilla sur elle-même, à la commissure de ses lèvres s'installa une moue.

— Peu de femmes supportent l'infidélité, reprit Nan, la plupart, pour ne pas subir un divorce, finissent par faire semblant de ne pas voir.

Elle fit un silence. Dans ses yeux surgit un immense malaise. Mon amie savait de quoi elle parlait, Rodney l'avait à plusieurs reprises trompée.

— Essayez de vous apaiser un peu, mon amie, soupira-t-elle en posant sa main sur la mienne. Je la laissai faire pourtant Dieu sait combien les gestes de tendresse m'horripilent.

— M'apaiser… Je vois mal comment…

— Il y a une solution… susurra-t-elle. Dans son rictus, oh, cette malice !

Avant de poursuivre, je dois dire que Nan est la reine des solutions drastiques, des combats déloyaux quand il s'agit d'une histoire conjugale mortifère. Elle est rapide, vive d'esprit, jamais ne se laisse longtemps décourager. Pourtant, elle en a vécu de ces jours noirs comme suie, je l'ai vue pleurer au-delà du raisonnable quand Rodney la trompa une première fois. « Ces hommes… ah ces hommes… ces menteurs… »

En quelques semaines, l'affaire avait été réglée : « J'ai tenté le Diable m'avait-elle confié, fière d'elle, et le Diable m'a rendu mon mari, ma chère, comment ? allez-vous me demander, eh bien tout simplement ! Je suis allée proposer une énorme somme d'argent à sa maîtresse afin qu'elle disparaisse de notre vie. Une petite fortune, mais reprendre mon époux valait bien ça ! »

Mais, aujourd'hui, face à un nouvel adultère, elle ne réagissait pas. Elle attendait… Puis, sans aucun doute, abattrait sa carte…

Au-dessus de la cheminée, une pendule de style édouardien affichait seize heures trente. Dehors, la nuit tombait.

— Sauriez-vous allumer un feu, Agatha ? J'avoue que sans domestique, je suis orpheline.

— Oh oui, je n'ai jamais omis de préparer moi-même le feu pour le retour d'Archibald.

— Comme vous l'aimez, Agatha…

Je réunis, comme cela convient, papier, brindilles, branches frêles et enfin bûches. Une allumette et le tour fut joué. Observant la flambée dans la cheminée, mon amie ressemblait à un soldat prêt à combattre.

— Il faut vous battre pour récupérer votre mari, reprit-elle en contractant les mâchoires. Je vais vous aider. J'ai plusieurs solutions. J'en avais esquissé une avec vous il y a quelque temps, mais vous n'avez pas eu l'air convaincue…

— C'est pour cela que je suis ici… En parler…

— Première chose, avant tout, avez-vous au moins essayé de dire à Archibald que vous étiez gravement malade ?

— Mais je suis en bonne santé, le médecin dépêché il y a quelques semaines pour une vilaine grippe a juré devant mon mari que je serais centenaire !

— Revenons alors à la solution que j'ai en tête depuis longtemps...

— Oui, je me souviens, mais, comme vous le savez, je ne suis pas convaincue...

— C'est la plus efficace, croyez-moi, disparaissez, partez vous cacher et inquiétez-le, Agatha ! Une de mes amies, Mrs Garnett, a fait cela il y a des années, et le plan a marché. Voilà l'histoire. Mrs Garnett n'en pouvait plus des infidélités de son époux, elle a donc fugué, hop disparue six semaines dans un luxueux hôtel de Torquay. Son mari a été pris par une épouvantable angoisse, il a abandonné sa maîtresse et a même accusé cette dernière d'avoir provoqué la disparition de sa femme. Vous ne pouvez pas imaginer, il ressemblait à un fou ! Un peu comme le petit singe de feu notre amie, Dorothea ? Celui qui avait le postérieur tout rouge, vous souvenez-vous ?

— Oui, quel étrange être agité !

— Eh bien, ce mari volage est lui aussi devenu vermillon, mais du visage seulement !

Nan éclata de rire.

— Il n'a plus cessé de se gratter... Un eczéma géant lui était tombé sur la tête ! continua-t-elle. Mais le plus incroyable dans tout cela, c'est que, retrouvant enfin Alice, il en est redevenu aussitôt amoureux, il avait eu si peur. Nous, les femmes, savons souvent faire revenir nos maris, il faut juste se donner un peu de mal. Comme je vous le disais, il faudrait vous cacher dans une ville lointaine, Archibald réagira comme le mari d'Alice, et comprendra combien il vous aime.

Le regard de Nan s'attarda sur le coin droit du plafond. Elle émit une sorte de « hum ploum » puis de « piouf », des onomatopées qui lui étaient familières lorsqu'elle réfléchissait, puis ses yeux cillèrent et elle ramena ses lèvres en avant.

— Voyez-vous, chuchota-t-elle, il y a quelque chose dans l'air.

— Dans l'air ?

— Oui, je pense… je le sens… regardez ce reflet là-haut, c'est celui d'un couple… à cette heure, Archibald et sa créature parlent de vous, Agatha. Je suis un peu comme votre mère, vous savez. Un peu voyante.

— Maman n'était pas voyante, juste un peu médium.

— Très bonne médium ! Qui savait lire dans les pensées, faisait tourner les tables comme personne. J'ai adoré passer toutes ces soirées de spiritisme avec elle et vous. Vous souvenez-vous quand elle a réussi à faire venir l'esprit de Maman ?

— Oui, je me le rappelle…

— Il faudra que nous appelions votre mère un jour, j'ai enfin le guéridon qu'il faut, nous réussirons à le faire tourner.

Nan hésita, elle semblait prise dans les filets d'un songe éveillé.

63

— Voulez-vous que nous fassions une séance de spiritisme ce soir, Agatha ?

— Ce soir ? Je ne préfère pas, ce serait trop éprouvant.

Nan se tut. Elle m'examinait comme si je lui étais étrangère. C'est qu'elle devait me trouver peu battante, peu dynamique.

— À deux, nous sommes plus fortes, Agatha, il faut s'en souvenir !

Des images lointaines effleurèrent mon esprit telle une brise légère. Je me revis des décennies plus tôt, en France. Mon père avait des soucis d'argent. À l'époque, l'une des solutions à ce genre de problème était de partir en France. La vie y était moins chère. En louant notre maison en Grande-Bretagne, mes parents reconstitueraient leur bas de laine. Ainsi nous exilâmes-nous à Pau, puis à Dinard. Je n'ai jamais su pour quelles raisons nous étions arrivés dans ces villes, je crois simplement que mon père en avait entendu grand bien. Maman me trouva un professeur, Clara, au visage rond et rose comme des fesses de nourrisson. « Elle ne parle pas un mot d'anglais, avait dit mon paternel, Agatha sera obligée d'apprendre le français. Elle aura tellement envie d'entendre Clara lui raconter des histoires que cette nouvelle langue lui viendra sans qu'elle s'en rende compte. » Ainsi sais-je un peu me débrouiller dans la langue de Molière comme disent les Français que j'aime tant.

— Pourquoi ne pas m'enfuir en France, Nan ?

— En France, mais c'est de la folie ! Vous allez vous faire repérer, Agatha Christie embarquant pour la France, cela ne passera pas inaperçu, un douanier vous demandera vos papiers. Et puis, avez-vous pris de l'argent ?

— J'ai une belle somme sur moi, arguai-je.

— Vous êtes partie vous suicider avec de l'argent ? ironisa Nan. Cela me rassure !

Je me sentis penaude, idiote, stupide.

— Vous n'avez plus les idées claires, ma chère, si je vous laisse agir, vous allez rater votre affaire et ne jamais voir Archie enfin revenir à vous.

Sa voix était devenue autoritaire, ferme, glaciale.

L'idée d'une fuite française fut donc écartée.

— Il nous faut un endroit inconnu de votre époux, continua-t-elle. Ensuite, nous aviserons. Il faut du recul pour savoir où l'on en est, *isn't it* ?

— Certes, du recul ! scandai-je avec froideur, agacée tout à coup d'être traitée comme une enfant.

Surprise par mon emportement, Nan s'écarta d'un ou deux centimètres. Je me repris aussitôt en moi-même : « Ne sois pas dure comme ça, tu es injuste ! » De Nan, j'aimais les conseils, l'écoute toujours bienveillante, l'indéfectible amitié. Je lui souris : « Pardonnez-moi, mon amie, je m'emporte, c'est la fatigue. »

Nan esquissa un timide sourire avant de tapoter ma main avec affection.

Le feu dans la cheminée dispensait ombres et flaques de lumières sur les murs du salon. « Trouver un lieu où vous serez à l'abri », répéta Nan… Soudain, surgi de la nuit des temps, un nom de ville me vint, le seul endroit où mon mari ne me chercherait jamais. Une sève inonda mes veines, une euphorie que je n'avais pas connue depuis des mois :

— Harrogate ! Nan, Harrogate !

Quelques mois auparavant, lors d'un dîner, un couple d'amis, les James, avait évoqué leur séjour dans cette cité thermale. Ils y avaient passé un moment délicieux dans un hôtel extraordinaire, avaient goûté à tous les soins prodigués aux Royal Baths. Seule la pluie avait été un souci. Après les avoir quittés, mon mari avait ricané : « Il faut être idiot pour emmener sa femme en villégiature dans une ville du Nord offerte à tous les orages du pays, il aurait plutôt fallu aller à Torquay, là-bas, c'était la French Riviera ! Savez-vous comment est surnommé Mr James à mon Club ? *Pudding* ! »

Je n'avais pas commenté. Je déteste les convives qui critiquent leurs hôtes dès la porte refermée. J'y vois une méchanceté, mais aussi une faiblesse. Ne critique-t-on pas pour exister, mettre son pouvoir en avant ?

— Harrogate, reprit Nan. Ma mère y faisait autrefois ses cures, elle en revenait toute ragaillardie. C'est moins à la mode maintenant, mais c'est encore très fréquenté. Êtes-vous certaine qu'Archibald n'y pensera pas ?

— Non, impossible. Les James peut-être… Mais ils ont d'autres préoccupations, la mère de Mrs James est en fin de vie chez eux... Ils ne sortent plus, ne parlent plus que de la maladie de cette dame.

— Bon, nous voilà tranquilles de ce côté.

— Mais, Nan, nos relations sont-elles nombreuses à faire des cures là-bas ?

— Non, aucune, affirma Nan, cette ville n'est plus du tout en vogue. Et puis Harrogate en hiver, c'est la Sibérie. Aucun de nos amis n'y mettrait les pieds même pour une fortune. C'est l'endroit idéal pour disparaître. Nous irons à la gare avant le retour de mon mari... Mais bon sang, où descendait Maman ? Elle disait que c'était l'un des meilleurs hôtels de la ville. Ça y est, ça me revient : au *Swan Hydropatic Hotel.*

— Et Victoria Station... Là, on peut me reconnaître. Nombreux sont les amis d'Archibald qui y arrivent chaque jour pour rejoindre leur bureau.

Dans les yeux de mon hôtesse brillèrent des éclairs.

— Il est vrai... hésita-t-elle, puis un sourire composa une large virgule sur son visage : Agatha il n'y a qu'à vous rendre méconnaissable !

— Quelle belle idée, Nan ! J'adore me déguiser ! Oui, faisons cela !

— Je pensais juste vous couper les cheveux et mettre des lunettes.

— Il y a mieux ! Je vais me travestir en clocharde ! jubilai-je.

— Mais une clocharde ne part pas en cure, enfin Agatha !

Je dus reconnaître qu'elle avait une fois de plus raison.

— En homme alors ?

— Vous travestir en homme ! Quelle drôle d'idée, Agatha !

— Je ne plaisante pas, Nan ! Ainsi je passerais inaperçue.

— J'en doute. Vous avez les traits si fins…

— Croyez-moi, je sais très bien me déguiser… Une fois d'ailleurs, pour filer Nancy Neele, je me suis justement habillée en miséreuse… J'ai, au grenier, trouvé toutes sortes de frusques appartenant à feu ma grand-mère, je les ai déchirées, tachées de terre et même brûlées en certains endroits… Et j'ai mis un foulard dans mes cheveux. Voyez-vous, c'est simple. Il suffit d'être à l'aise et d'être discret dans ses attitudes. Ce jour-là, j'ai croisé des voisins, des relations et personne ne m'a reconnue.

— Mais vous ne m'aviez jamais confié cela…

— Et puis, souvenez-vous, cette soirée très guindée chez les James, vous y étiez, je m'étais déguisée en princesse russe.

— Oh oui ! Cette robe incroyable et cet accent que vous imitiez si bien, cette façon de rouler les « r » ! Comme nous avons ri Archibald, Rodney et moi. Mais là, nous étions tous complices, c'était un jeu…

— Un jeu très amusant, certes ! Comme nous nous amusions à cette époque, Nan, la vie était plus gaie, Archibald adorait être surpris.

— Rodney aussi

— Vous ai-je raconté ? Je ne crois pas… Il y a quelques années, dans un salon de thé, à Londres, Archibald et moi avons joué à être frère et sœur jumeaux. Nous avons même inventé qu'Archie était ministre ! La serveuse nous a crus et l'a répété à son patron qui est venu nous saluer et nous a offert le thé ! La jeune fille ne cessait de dire : « Ce que vous vous ressemblez, ce que vos traits sont proches » alors que nous sommes très différents mon mari et moi… Mais comme j'imitais ses gestes lents, sa manière de se tenir, un peu voûté et la moue qu'il affiche si souvent en écartant les narines, le jeu a marché…

— Jumeaux ! Et Archibald ministre ! C'est d'un drôle ! Certes, vous avez de l'expérience, s'esclaffa Nan.

— Et j'adore cela surtout ! Croyez-moi, nous allons nous distraire !

— Vous avez raison, Agatha, c'est encore le meilleur des médicaments anti-déprime. Je vais regarder ce que j'ai ici. Vous avez, ma chère, à quelques rondeurs près, le même gabarit que Rodney quand il était jeune, ses vestes et pantalons d'alors devraient vous aller à merveille.

— Formidable ! Mais, hésitai-je tout à coup, je ne pourrai pas séjourner plusieurs semaines dans un hôtel habillée en homme ? À la gare, dans une foule, la supercherie peut ne pas être découverte, mais dans un hôtel où l'on séjourne, c'est improbable…

— Il est vrai, il faut trouver une autre idée pour Harrogate… Quelque chose de crédible… Une intellectuelle souffrant de divers maux. Je vous coifferai et vous trouverai des lunettes. Une frange, c'est cela, je vais recouvrir votre front d'une frange.

— Une intellectuelle assez revêche pour que je n'aie à parler à personne.

— Oh que c'est drôle, je vous vois déjà dans le rôle, désagréable et repoussante.

— Il ne faudra pas que je rie, c'est si amusant et puis, une intellectuelle, c'est un personnage facile à interpréter en outre. Cette petite stratégie m'amuse de plus en plus. Mon cher mari et sa dinde n'ont pas fini d'avoir des sueurs froides.

— Calmons-nous, calmons-nous, ma chère Agatha.

Je croisai les mains sur mes genoux et respirai longuement.

— Vous avez raison, il faut garder notre sérieux. Voilà. Résumons, je prends donc le train à King's Cross. Pour ne prendre aucun risque vis-à-vis des connaissances de mon mari, je suis vêtue d'un pantalon, d'une redingote.

— Et d'un chapeau.

— Je me change lors du voyage. Et j'arrive à Harrogate vêtue en femme portant des lunettes.

— Oui, vous n'aurez qu'à jeter les frusques de Rodney par la fenêtre du wagon ! Mais comment vous habillerez-vous une fois à l'hôtel ? Vous n'avez ni bagages ni sac à main ni vêtements de rechange et nous n'avons pas la même taille, c'est bien dommage.

— Il faut aller en acheter, ce n'est pas si sorcier.

— Nous irons demain chez *Selfridges* ou *Harrods* afin de vous composer cette garde-robe. À moins que vous ne fassiez ces achats sur place ?

— Je ne préfère pas, nous ne savons même pas s'il y a des boutiques dans cette ville.

Je me projetais dans la scène à venir, en habits masculins. Comme c'était romanesque. « Dans l'un de mes livres, me dis-je, le personnage, cette femme trompée par son époux, en pleine dépression, fatiguée de la vie et ayant envie de se distraire, parcourt l'Europe transformée en homme, moustache bien droite. » Surprise par le fou rire qui me prenait, je communiquai à Nan ma bonne humeur ressuscitée.

— C'est d'un drôle, Nan !

— Vous êtes imbattable, ma chère ! Et vous le voyez, quelle ressource vous avez !

La petite voix d'Hercule Poirot me nargua l'espace d'une ou deux secondes, ah comme il revenait souvent dans ma tête : « Encore faut-il qu'aucun Inspecteur ne soit aussi malin que moi, je suis le meilleur, Agatha, tu le sais bien… »

Nan s'empara de la théière.

— Nous allons réussir ! Nous vous travestirons demain pour aller faire vos emplettes chez *Harrods*, reprit Nan volubile, il vous faudra quelques robes pour Harrogate, quelques laines. Elle soupira, regarda ses mains comme si elles lui étaient étrangères. Il serait judicieux de vous acheter un nouveau chapeau cloche, un manteau plus chaud. Et puis surtout, vous ne descendrez pas dans les salons de l'hôtel. Commandez vos repas en chambre. Ce sera plus prudent.

La sensation de bien-être qui avait submergé mon corps et ma tête m'avait déjà abandonnée.

— Combien de temps devrai-je rester ainsi confinée, selon vous ? soupirai-je.

— Tout dépend d'Archie et de ses talents d'enquêteur.

— De sa motivation d'époux… ajoutai-je.

— Vous présenterez-vous sous votre vrai nom ?

— Certainement pas, Archie ne doit pas me retrouver facilement. L'intrigue doit être difficile à résoudre !

— Il y en a plein dans vos livres. Mrs Cawendish ou Mrs Inglethorp comme dans *La Mystérieuse Affaire de Styles*… Optons pour Mrs Inglethorp !

Ma confidente semblait tout à coup lasse. Yeux dans le vague, elle fixa la tapisserie, une scène de chasse au coucher du soleil. Elle retint un bâillement, cela se vit à la manière dont elle gonflait les joucs.

— Je suis si fatiguée, Nan, je ne dors plus depuis des nuits, que diriez-vous de reprendre notre conversation demain, il faut un peu de recul et nous y verrons plus clair…

En bonne hôtesse, elle attendit que je me lève pour se redresser. Puis me conduisit dans une chambre adjacente à la sienne.

— J'aime lire ou somnoler ici, commenta-t-elle, cette pièce est mon refuge, vous allez y être à l'aise, Agatha. Mais pas de bêtise, n'est-ce pas, vous me l'avez juré, Agatha, nul poison ?

— Je vous promets.

— Je suis rassurée de vous savoir ici, ajouta Nan.

Comme si j'étais une enfant, elle se pencha vers moi, m'embrassa sur le front, murmura : « Dormez bien Agatha et le plus longtemps possible. » Et elle quitta la chambre.

Je me déshabillai, enfilai la chemise de nuit déposée sur la commode puis me couchai. « Dormir, enfin », fut ma supplique.

Un grincement de parquet. La porte s'ouvrit quelques minutes plus tard. Munie d'une carafe d'eau fraîche, Nan revenait : « J'avais oublié… » Elle déposa la porcelaine sur la table de nuit puis se pencha vers moi et me borda. Ce fut à la fois désagréable et réconfortant. « Savez-vous, confia-t-elle, comment on nous appelle, Agatha, nous, les femmes trompées ?… Les "veuves de golf". »

— Les veuves de golf, oh !

— Parce que nos époux…

— Nos époux se servent du green comme alibi… Nan…

— Pour voir leur maîtresse.

Elle s'assit sur le bord du lit : « La prochaine fois que Rodney me trompe, je ferai comme vous, je disparaîtrai ! » Ses mots me paraissaient de plus en plus lointains, ses propos étaient comme des petites pierres déposées sur le chemin de mon sommeil. Je me laissai glisser. J'ignore combien de temps elle demeura auprès de moi.

Ma nuit fut entrecoupée de longues plages de vide, un gouffre s'étalait en moi, dans mes pores, dans ma tête, dans mon ventre, dans la moindre parcelle de mon corps. Je restai éveillée un bon couple d'heures au milieu de la nuit. Pas un bruit dans la maison, le plancher ne craquait pas, aucune pendule ne scandait ses rassurants tic-tac. Dans le noir, je ressassais : « Quand Archie commença-t-il à me tromper ? Ah tous ces mensonges… Et cette manière de me tourner le dos au moment du coucher, j'aurais dû comprendre plus tôt, démêler le vrai du faux, tous les détails étaient là qui me hurlaient : "Méfie-toi Agatha ! Réalise ce qui se passe quand Archie te dit être sur le green. Ne sens-tu pas le parfum qui colle au col de la chemise de ton époux ? Ne vois-tu pas le cheveu qui reste agrippé à l'épaule de sa veste ?" Un mariage réussi, c'est tout ce que Maman voulait pour moi, des générations de femmes avant moi dans notre famille l'ont vécu, pourquoi serais-je la première à ne pas réussir cela ? »

J'allumai la lampe posée sur la table de nuit. « Quel échec, songeai-je, soudain en colère, tu es la victime de ton éducation, elle t'a embrigadée, kidnappée, il y a des dames qui divorcent et vivent mieux ensuite. Toi qui es pour l'évolution des femmes dans la société, il faut que tu te modernises ! »

Une Bible patientait. Je la regardai. Mais je ne l'ouvris pas. Étais-je encore croyante ? « Il y a quelques mois, oui, mais aujourd'hui, Agatha ? »

Le tiroir du meuble de chevet attira mon attention. Peut-être y trouverais-je un mouchoir, le mien était si mouillé qu'il ne séchait plus rien. Je l'ouvris. Un petit calepin bleu à tranche dorée y reposait. Je le reconnus tout de suite. Je l'avais offert à Nan un de ces jours de désespoir où elle disait ne pas réussir à accepter les tromperies de son époux. « Écrivez, mon amie, vous verrez, cela remet debout, lancez-vous dans un journal intime. » Nan avait hoché la tête d'un air las. Puis avait murmuré : « Je vais tenter cela, Agatha, pour ne pas devenir folle. »

L'écriture d'insecte de Nan y courait. *Rodney me méprise, il ne voit en moi que la fortune de feu mon père, mes rentes. Si seulement il pouvait un jour se rendre compte de mon amour.*

Oser violer l'intimité de mon amie m'était désagréable. Je refermai les pages du carnet et éteignis la lumière.

Calfeutrée sous les draps et couvertures, je me remémorai le regard perplexe de l'épicière, les plis interrogatifs comme des barreaux serrés sur son front. Avait-elle compris que j'étais Agatha Christie ? D'autres songes éveillés vinrent… Ma Morris Cowley, quelqu'un n'allait-il pas la voler, là-bas, sur les bords de Silent Pool ?

Les derniers mots qui parvinrent à s'infiltrer dans mon esprit au moment où je m'enfonçai à nouveau dans le sommeil furent : « Pauvre Archie, pauvre chéri, vous devez être terrorisé, vous avez sans nul doute déjà appelé un médecin, j'aurais voulu ne jamais vous faire vivre ça, mon bien-aimé… »

Non, mon mari ne passa pas son début de soirée
avec notre médecin. Le médicament de ce gredin
s'appela ce soir-là Nancy Neele.

ARCHIE : Ciel, ciel, ciel ! L'Inspecteur chef Kenward vient de m'informer, la voiture de ma femme a été retrouvée sur la berge de l'étang de Silent Pool, la police m'a demandé de les accompagner demain, c'est affreux, ils vont sonder l'eau, organiser une battue, il faudra des hommes et des chiens.

NANCY NEELE : Mon chéri, ne vous mettez pas dans cet état, ils vont la retrouver.

ARCHIE : La retrouver, la retrouver, vous êtes amusante, ma chère…

NANCY NEELE : Reprenez-vous, mon cher, tenez, allongez-vous là près de moi.

ARCHIE : C'est à devenir fou. Heureusement que je vous ai, Nancy.

NANCY NEELE : Je vous aime, Archie.

ARCHIE : Ce n'est pas le moment, laissez mon pantalon en place.

NANCY NEELE : Mon chéri, mon galopin…

ARCHIE : Laissez donc ma ceinture, vous dis-je, Nancy. Ça suffit, je suis en péril, vous ne vous rendez pas compte ?

NANCY NEELE : Que votre épouse nous laisse tranquilles. Nous allons enfin pouvoir nous marier !

ARCHIE : Je ne me remettrai jamais de l'avoir menée au suicide... Si elle a eu le courage d'aller jusque-là... Et puis, notre vie risque d'être étalée dans les journaux... Les domestiques parleront de notre dispute. Votre nom circulera... Notre relation sera sur le tapis, Nancy...

NANCY NEELE : Je ne comprends pas, Archie, le tapis... quel tapis ?

ARCHIE : C'est une expression, notre relation sera étalée, enfin Nancy, ne vous faites pas soudain sotte. Il faut que je réfléchisse... Peut-être devrais-je aller voir la voyante.

NANCY NEELE : La voyante, mais pourquoi ?

ARCHIE : Elle a des pouvoirs, la médium, ma femme la consulte parfois.

NANCY NEELE : Non, ne faites pas cela mon chéri, cette femme m'angoisse, elle ressemble à une faiseuse d'anges. Ou à une empoisonneuse.

ARCHIE : Une empoisonneuse... Ma femme aussi connaît bien les poisons...

NANCY NEELE : Oh mon chéri, vous me terrorisez ! Auriez-vous bu dans une carafe remplie par votre épouse, j'ai peur, pourrait-elle tenter de vous tuer ?

5 décembre 1926

Quand je me réveillai ce matin du 5 décembre, Nan, à peine peignée, toujours en robe de chambre, entra dans la pièce. Elle n'était pas du tout gênée de se présenter en tenue de nuit. C'est le privilège des grandes amitiés que de pouvoir se montrer dans n'importe quel état.

— Il m'a semblé vous entendre pleurer.

— Ce n'est rien, Nan, juste de la tristesse…

— Je vous comprends… Ces hommes qui nous trompent… Je n'en ai pas dormi… Bien, se reprit-elle, retrouvons-nous au *living-room*, si vous voulez. Je vais préparer le *breakfast*, j'ai donné congé à la cuisinière. Voulez-vous vos œufs mollets ou pochés ?

— Pochés, Nan, merci.

Nan fila vers l'office. Elle avait l'air aussi mélancolique que moi, bien loin du plan esquissé la veille.

Je me levai, fis ma toilette, remis mes vêtements de la veille et rejoignis la salle à manger. M'y accueillit Sir Olive, le cocker de la maison. Comme mon fox me manquait, mon Peter adoré. Pourquoi donc ne l'avais-je pas emmené avec moi ? « Parce que tu partais te suicider, Agatha. »

Me donner la mort. En avais-je encore l'envie, l'absolue nécessité ? « Ç'aurait été finalement plus simple si l'on t'avait assassinée dans un faubourg, non ? » frémis-je.

Absorbée, je m'assis devant le fastueux petit déjeuner préparé par mon amie. Thé précieux, marmelade d'orange, scones, toasts grillés, œufs pochés, tout était là pour essayer de m'offrir du baume au cœur.

Silencieuse, fatiguée par sa nuit à ne pas dormir, Nan m'observait du coin de l'œil comme l'animal qui attend qu'on le sollicite.

Nous passâmes ainsi un bon quart d'heure à ne rien dire si ce n'est « ce thé est délicieux », « comme c'est joli », « cette pomme, comment s'appelle-t-elle déjà, elle vient d'être inventée, n'est-ce pas ? » Puis Nan prononça ces mots et ce fut comme un coup de fouet, je tressautai à cette annonce :

— Rodney sera là demain vers midi, Agatha, il ne peut pas vous trouver là, il est désormais forcément au courant de votre fuite… À moins que vous n'ayez changé d'avis, souhaitez-vous rentrer chez vous ?

— Ah, non !

Pour que mon époux me revienne, Nan avait raison, je devais agir. J'avais raté mon suicide, je devais réussir ma disparition. « Tu es Agatha Christie, tu vas mener l'affaire jusqu'au bout et sans erreur, jure-le-toi à toi-même ! Je le jure ! »

— Bien, dis-je, l'idée de me travestir me plaît, mais ai-je vraiment besoin de me rendre en personne chez *Selfridges* ou *Harrods*. Peut-être auriez-vous la gentillesse d'y aller pour moi ? Ainsi nous éviterions cette mascarade... Et nous éviterions aussi de prendre des risques inutiles...

— Ne serait-ce pas une sorte de répétition avant l'épreuve de la gare ? Et puis, Agatha, nous allons bien nous amuser, nous avons besoin de rire, croyez-moi, de nous distraire, on vous prendra pour mon mari ou mon fiancé, comme c'est drôle !

— Vous avez raison, Nan !

Nous convînmes donc de l'organisation de notre matinée.

1. Essayer les vêtements de jeune homme de Rodney, ses bottines d'hiver ;

2. Filer chez *Selfridges*. « Non, nous irons plutôt chez *Harrods*, interrompit Nan, j'y ai mes habitudes » ;

3. Ne pas essayer moi-même les vêtements que nous choisirions. Demander un mannequin. Préciser que nous faisons ces achats pour une amie malade trop faible pour se déplacer ;

4. Demander à nouveau aux domestiques de ne pas revenir avant le lendemain, vers onze heures. Nan serait revenue dans son foyer tandis qu'un train m'emporterait vers Harrogate ;

5. Ensuite, je m'installerai dans l'un des chics hôtels de la ville thermale. « À l'*Hydropatic Hotel* ! s'exclama mon amie, ma mère a été conquise, c'est de très bon goût, service zélé, discret. »

Nan fut prise d'un fou rire : « Pauvre Archibald, il ignore ce que nous tramons. Et puis, vous allez le terroriser comme personne ne saurait le faire, un auteur à succès comme vous a cela dans l'âme, le goût et la réussite d'une intrigue, ce sera votre plus belle énigme ! »

Une demi-heure plus tard, nous commentions les différentes tenues de Rodney. Une à une, je les essayai. Nan jugeait avec l'œil du couturier. « Très bien cette redingote, parfait ce pantalon, ah voilà cette chemise, comme Rodney l'aimait, c'est moi qui l'avais fait broder. »

Nous nous prenions au jeu, deux fillettes en pleine bêtise qui ne cessaient de s'esclaffer. Il me sembla que je n'avais pas ri ainsi depuis un siècle. Cette comédie dont nous étions les héroïnes me communiquait l'énergie que doit ressentir l'acteur au moment où il entre en scène.

Nous optâmes pour un trois-pièces gris et un manteau noir à col en fourrure caramel. Il me fallait maintenant un chapeau. Nan en trouva deux. Trop grands.

— Si nous plaçons du papier journal au fond de celui-ci, ce devrait aller, quant à ses bottines... Mais malheureuse, vous chaussez du combien ?

Je haussai les épaules.

— Votre mari a de bien petits pieds pour un individu viril, ricanai-je.

Nan fut à nouveau prise d'un fou rire Elle avait l'air d'une fillette se gargarisant de bêtises :

— Comment souhaitez-vous que je vous appelle si cela se présente, Agatha ? William vous irait à ravir…

— William, ce sera parfait. Je suis prête, Nan !

La porte du 78 Chelsea Park Gardens claqua derrière nous. Dans un halo de flocons de neige, nous filâmes, mais Nan manqua de tomber sur le trottoir glissant. Je la rattrapai *in extremis* et hélai le premier taxi qui se présenta. Je lui ouvris la portière tel un parfait galant. Elle s'installa. Et je me collai à elle. « *Harrods, please* », indiqua-t-elle.

— Vous ne vous êtes pas fait mal, Nan ?

— Je ne crois pas. Mais je suis sujette aux foulures. Ne nous inquiétons pas, tout va bien se passer.

Je fixai mon amie. Son visage était tendu, mais son menton volontaire. Nan était la seule personne sur cette terre sur laquelle je pouvais compter. J'en avais été consciente dès nos premières confidences, des années auparavant.

Quinze minutes plus tard, nous étions dans le magasin.

Harrods n'avait pas beaucoup changé depuis mon dernier passage une bonne année plus tôt. Au rez-de-chaussée, les multiples vitrines de cosmétiques scintillaient, les vendeuses étaient toujours aussi avenantes et les produits présentés avec beaucoup de goût. À peine, étions-nous entrées qu'une jeune femme, chapeautée à merveille, me décocha un sourire. « Vous plaisez transformée en homme, plaisanta Nan, je vais vous prendre le bras, cela fera de vous un homme marié, et je suis votre épouse. »

Nan scrutait avec une envie non dissimulée les vitrines présentant des produits cosmétiques en flacons de verre. Je la bousculai : « Trouvons le rayon des vêtements pour dames, Nan, ne traînons pas ici. »

Une autre femme me lança un regard insistant, je détournai la tête et Nan lui jeta un œil furieux :

— Vous avez remarqué comme je joue bien votre épouse, c'est d'un drôle ! Ne vous manque plus qu'une moustache, Agatha.

— Ne prononcez plus mon prénom, s'il vous plaît !

Nan agrippa mon bras : « Le rayon qui nous intéresse est au premier étage, nous y trouverons tout ce qu'il faut pour… elle hésita… pour Averil. »

— Averil ?

— Averil sera le prénom de la fausse amie malade.

— Averil, d'accord… Mais gardez en tête que nous ne devons pas rester là trop longtemps, Nan. Aucun regard ne doit s'attarder sur moi.

Pressées, nous gagnâmes le premier étage. Des robes de toute beauté, des vestes de laine au charme fou flirtaient avec de soyeux manteaux de fourrure, d'originaux chapeaux. Une puis deux vendeuses vinrent à notre rencontre. Je ne savais comment me comporter. Fixer mes pieds me parut la meilleure solution d'autant qu'ils me faisaient souffrir dans ces bottes trop petites. Cette situation, si elle restait amusante pour Nan, ne me convenait maintenant plus du tout.

Je la regardai jongler, joyeuse, de modèle en modèle. Elle virevoltait, commentait telle soie, tel cachemire, tel shetland, « beau, mais frais aussi grâce à ces touches de couleurs malicieuses ».

Les vendeuses tournoyaient autour d'elle comme des abeilles autour d'une ruche.

— Puis-je vous aider, madame ? proposa la plus âgée qui insista : Mrs... ?

— Mrs Randolph, se présenta Nan. Son nom de jeune fille.

— Ce n'est pas pour moi, mais pour l'une de mes amies malade, nous venons faire des emplettes pour elle, n'est-ce pas, William ?

Je fis un signe d'approbation, simple mouvement de tête, en direction du trio enthousiaste. J'étais incapable d'imiter une voix masculine, la mienne était fluette, elle m'aurait trahie.

La vendeuse appela l'une des mannequins du magasin : « Pourriez-vous, Betty, présenter ces trois robes, ces deux gilets et ce manteau à Mr et Mrs Randolph, je vous prie ? »

Robes, laines, manteau, sac à main. Les essais furent vite faits. Fébrile de jouer ces scènes qui la distrayaient, Nan ne cessait de s'exclamer : « Averil va être ravie ! Comme cela va aller au teint de Averil ? Aimez-vous, mon cher William ? Pensez-vous que c'est la bonne couleur ? » Nan était selon moi trop hilare, trop excitée par la situation. Les vendeuses ne trouvaient-elles pas son comportement étrange ? Apparemment, non. « La réalité est bien plus folle que la fiction », songeai-je.

— Faites-moi livrer tout cela à cette adresse dans deux heures, ordonna-t-elle plus sérieuse cette fois.

— Oui, Mrs Randolph, bien sûr Mrs Randolph, minauda la plus jeune vendeuse. Ciel ce qu'elle pouvait ressembler à Nancy Neele avec sa bouche tordue peinte en rouge.

Une seconde, son regard darda le mien. Je me tournai vers Nan pour lui échapper.

Nous redescendîmes les marches du fastueux escalier reliant les étages. Mes orteils étaient de plus en plus comprimés tandis que nous regagnions le rez-de-chaussée. J'allais lancer : « Doucement, Nan, moins vite » quand elle se mit à gazouiller comme une petite fille : « Ça alors ! » dit-elle et elle reprit plus euphorique encore : « Ça alors, vous ici ! »

Elle se précipita vers une inconnue habillée tout en couleur saumon : « Comme je suis heureuse de vous rencontrer, ma chère Patricia, quelle joie de vous voir, quelle surprise, quel bonheur ! »

Tous les regards se tournèrent vers elle. Il ne manquait plus que ça !

Elle fila embrasser cette dame vêtue d'une rare fourrure. « Et voilà que Nan se donne en spectacle. C'est irresponsable, dangereux ! Nous allons nous faire prendre. »

Quelques minutes passèrent, des siècles me sembla-t-il. Comment devrais-je réagir si une vendeuse s'adressait à moi ? « Sors de là, Agatha, fais signe à Nan, il faut quitter ce magasin. »

Nan et l'inconnue parlaient, riaient, gloussaient. Elles tournaient sur elles-mêmes comme entraînées dans une valse lente.

Choquée, je faillis tomber à la renverse et reculai de quelques pas quand Nan, main en l'air, fébrile, m'interpellait : « William, rejoignez-nous, je vous en prie. »

J'eus envie de fuir, mais Nan se pressa vers moi, son amie l'accompagnant de près.

— William, je vous présente Mrs Lorrimer.

Mrs Lorrimer avait l'air plissé d'une taie d'oreiller. Et cet air pincé de bourgeoise…

Je saluai l'inconnue sans émettre un son. Puis je fis deux pas en arrière. Mon cœur tapait dans ma gorge, car la dame détaillait mes traits en se retenant de rire. Enfin elle commenta, sa voix était sèche et rocailleuse : « Beau travail, Nan, vous avez superbement réussi à transformer Mrs Christie en William ! Vous ne me l'auriez pas confié que je ne m'en serais point aperçue… »

« Non ! hurlai-je en silence, Nan a trahi notre secret ! » Des tics parcoururent mon visage, je ne parvenais à contrôler ces étranges sautillements émis par ma bouche, mes narines.

« Vous avez l'air souffrante soudain, Agatha », me chuchota Nan à l'oreille.

Je retins une incroyable envie de la gifler, de la secouer, de l'injurier. Comment avait-elle pu faire cela ? Me mettre ainsi en danger ?

Les deux femmes m'examinaient, se regardaient : « Chut, bien sûr, c'est un secret, n'est-ce pas, et vous avez promis le silence, chère Mrs Lorrimer !

— Vous pouvez compter sur moi, je n'en parlerai à personne. Agatha Christie ici, en costume ! Tout cela pour écrire un livre, c'est formidable. J'ignorais que les romanciers éprouvaient leur personnage à ce point avant de les coucher sur le papier. Agatha Christie devant moi, je n'en reviens pas. Quelle incroyable journée ! Vous êtes mon écrivain préféré. J'ai lu plusieurs de vos livres sans avoir jamais trouvé le coupable. Vous avez l'art et la manière, Mrs Christie.

Nan glissa son bras sous le mien.

— Ne soyez pas ainsi timide, ma chère, je vous assure, Mrs Lorrimer est une tombe, pas un secret n'est dévoilé avec elle.

— Oui, je suis une tombe, minauda la dame… Quel choc, quelle incroyable rencontre ! J'en perds tous les usages. Agatha Christie elle-même, vous existez donc vraiment…

— Mais pourquoi n'existerait-elle pas ? ricana Nan.

— J'ai toujours pensé que c'était un homme qui écrivait sous ce nom.

— Eh bien non, ma chère, les femmes travaillent désormais, et se font connaître, n'êtes-vous pas progressiste ?

Quand enfin Mrs Lorrimer s'éloigna, je saisis le poignet de Nan et l'entraînai vers la sortie tout en l'avertissant :

— Vous êtes d'une inconscience, un vrai danger public, je ne veux plus jamais avoir affaire à vous !

Cette joyeuse distraction que nous avions partagée s'était métamorphosée en calvaire. Contre toute attente, Nan esquissa un sourire.

Avant que je n'aie le temps d'afficher encore une fois ma colère, Nan m'expliqua la raison de ce que je jugeais être une trahison, son nouveau plan.

— Agatha, point d'affolement, au contraire ! Je suis désolée d'avoir improvisé, l'idée m'est venue d'un coup en voyant Mrs Lorrimer, elle va nous aider sans le savoir... Votre vengeance en sera plus forte ! C'est pour votre bien.

— Mon bien ! m'exclamai-je en colère, mon bien que de raconter à l'une de vos amies qui je suis, vous avez perdu la tête ! Dans quelle situation m'avez-vous mise !

— Agatha, j'ai agi pour le mieux !

— Pour le mieux ? Vous délirez, ma pauvre !

— Écoutez-moi, Agatha ! Cette incorrigible bavarde n'est pas une tombe, elle va se précipiter, raconter dans l'heure à tout un chacun vous avoir vue à Londres le 5 décembre, hier, habillée en homme, c'est excellent ! Votre mari ne croira au départ pas cette histoire, il y verra des racontars. Faites-moi confiance…

— Vous déraillez !

— Le temps va passer sans qu'on ait plus de nouvelles de vous, Agatha. Quelques semaines, un mois, plusieurs selon ce que vous déciderez. La police aura beau sonder Silent Pool, on ne retrouvera pas votre corps. Archibald sera convaincu de votre mort, le lendemain il sera certain que vous êtes vivante. Et cela, ma chère, va durer des semaines, ses nerfs joueront contre lui, il ne sera plus jamais paisible…

— Je commence à comprendre, Nan. Effectivement…

J'entrevoyais enfin le plan, que dis-je, la manipulation de Nan…

— Il ira d'incertitude en inquiétude, et la police ne saura lui donner une réponse ferme… C'est cela, Nan ?

Mon intérêt alla croissant.

— C'est cela. Archibald imaginera à chaque instant que vous pouvez réapparaître y compris lors de ces moments d'intimité avec Miss Neele.

— Un enfer…

Solides, serrées comme la mécanique d'un roman policier réussi, les pièces du puzzle improvisé par mon amie s'accordaient dans toute leur superbe. En un mot : le plan de Nan était formidable ! Ma colère retomba d'un coup, d'un seul. Si l'envolée de mon amie m'avait sortie de mes gonds, je me trouvais désormais conquise, abasourdie par sa prouesse.

— Magnifique ! Vous êtes épatante, Nan, vous devriez écrire des romans policiers, je vous assure, vous êtes pleine d'imagination ! Mais tout de même, ajoutai-je pour marquer le coup, cette improvisation... cela aurait pu mal tourner ! Ne me refaites jamais plus ce genre de chose, Nan. Quoi qu'il arrive, nous devons en parler avant d'agir.

— Mais, je n'ai pas eu le temps de vous consulter, il fallait sauter sur l'occasion, c'était trop beau, il n'y a pas plus pipelette que cette dame... Grâce au témoignage de Mrs Lorrimer, Archibald ne pourra jamais être considéré comme veuf ! Il ne pourra donc pas épouser Nancy Neele ni divorcer. Votre vengeance va être à la hauteur des mensonges de votre mari.

Comme je l'avais prévu, mon mari avait appelé
la police. L'Inspecteur fut vite à Styles, *dans le salon.*
Peter, mon chien, reniflait le bas de son pantalon.

L'INSPECTEUR CHEF KENWARD : Colonel Christie, votre épouse a été vue à Londres.

ARCHIE : À Londres ?

L'INSPECTEUR CHEF KENWARD · Habillée en homme... Se faisant appeler William.

ARCHIE : En homme... C'est possible...

L'INSPECTEUR CHEF KENWARD : Comment ça, Mr Christie ?

ARCHIE : Ma femme est un as du déguisement.

L'INSPECTEUR CHEF KENWARD : C'est-à-dire ?

ARCHIE : Elle s'est déjà amusée à aller à une soirée déguisée en princesse russe.

L'INSPECTEUR CHEF KENWARD : Vous l'accompagniez ?

ARCHIE : Oui, Inspecteur, nous avions juste envie de nous amuser, c'était au début de notre mariage. Personne ne l'a reconnue.

L'INSPECTEUR CHEF KENWARD : L'avez-vous présentée à vos relations en tant que princesse ?

ARCHIE : Je l'ai présentée telle une relation de longue date.

L'INSPECTEUR CHEF KENWARD : Quel drôle de jeu... Et personne n'a été intrigué par le fait que Mrs Christie ne soit pas à cette soirée ?

ARCHIE : Si, bien sûr. Je l'ai excusée. Mauvais rhume.

L'INSPECTEUR CHEF KENWARD : Et l'on vous a cru.

ARCHIE : Oui.

L'INSPECTEUR CHEF KENWARD : On gobe donc facilement vos mensonges. Vous êtes quelqu'un de persuasif...

ARCHIE : Toujours vos insinuations, Inspecteur !

L'INSPECTEUR CHEF KENWARD : Je dois également vous dire que notre témoin, Mrs Lorrimer dit avoir rencontré Mrs Christie chez *Harrods*. Votre épouse habillée en homme aurait raconté à Mrs Lorrimer être venue à Londres pour tester les personnages de son nouveau roman.

ARCHIE : C'est plausible, il était en cours, il se serait intitulé *Le Mystère du train bleu*.

L'INSPECTEUR CHEF KENWARD : Titre intéressant.

ARCHIE : Elle pensait peut-être en changer, c'est un titre de travail.

L'INSPECTEUR CHEF KENWARD : Une de vos domestiques, Ethel, dit avoir entendu les pleurs de Mrs Christie quelques heures plus tôt. Vous seriez-vous disputés ? Votre femme a été vue par terre à vos pieds en train de vous supplier de ne pas divorcer.

ARCHIE : Nous ne nous querellions pas. Si Mrs Christie pleure beaucoup en ce moment, c'est qu'elle vient de perdre sa mère.

L'INSPECTEUR CHEF KENWARD : Clara Miller… qui lui a légué la fastueuse maison familiale d'Ashfield et plusieurs collections importantes dont des tableaux…

ARCHIE : Sans sa mère, mon épouse dit « n'être plus rien », c'est dramatique. Sa mélancolie est terrible d'autant qu'elle est fatiguée par tout le travail accompli ces trois dernières années. Cinq livres, plus de soixante nouvelles dans les journaux, c'est colossal.

L'INSPECTEUR CHEF KENWARD : Pourriez-vous me parler de Miss Neele ?

ARCHIE : Miss Neele est dactylographe à mon bureau, une personne en dehors de tout soupçon.

L'INSPECTEUR CHEF KENWARD : Allons droit au but, Colonel. Vous étiez Colonel à l'armée durant la guerre, n'est-ce pas ?

ARCHIE : Oui, pourquoi ?

L'INSPECTEUR CHEF KENWARD : Un homme d'honneur qui ne va pas me mentir alors…

ARCHIE : Effectivement, je suis un homme d'honneur.

L'INSPECTEUR CHEF KENWARD : Depuis combien de temps entretenez-vous une liaison avec Miss Neele, Colonel Christie ?

ARCHIE : Liaison, le mot est fort ! Des commérages !

L'Inspecteur chef Kenward : Mrs Christie, votre épouse, est un auteur en vogue

Archie : Il est vrai qu'écrire lui va bien.

L'Inspecteur chef Kenward : Elle vient d'hériter de sa mère. Une belle succession.

Archie : Effectivement.

L'Inspecteur chef Kenward : Mrs Agatha Christie à sa mort laissera un héritage conséquent... Beau mobile qu'une fortune, n'est-ce pas ?

Archie : Inspecteur, vous n'allez quand même pas imaginer que je puisse avoir...

L'Inspecteur chef Kenward : Avoir quoi, monsieur ? Avoir assassiné votre épouse ? Vous avez dormi dans le cottage de Mr et Mrs James cette nuit du 5 au 6 décembre, à proximité de Godalming...

Archie : Oui, les James peuvent en témoigner. Et la mère de Mrs James aussi, elle est bien malade, mais consciente.

L'Inspecteur chef Kenward : Godalming se situe dans le Surrey, non loin de Silent Pool où l'on a retrouvé la voiture de Mrs Christie... À peine cinq miles... L'homme d'honneur que vous êtes était donc à cet endroit au moment où la voiture de Mrs Christie s'est approchée de Silent Pool ?

6 décembre 1926

— Vous n'avez pas beaucoup dormi cette nuit, mon amie, je vous ai entendue vous lever et vous recoucher plusieurs fois, dit Nan.

— C'est que je n'ai cessé de penser à votre idée, elle me plaît ! Quelle belle vengeance ! J'ai hâte d'apprendre la réaction de mon mari.

Nan pianotait sur le bord de la table où patientait un copieux petit déjeuner.

Un rire puis trois puis cinq, nous étions déjà reparties en euphorie. Deux gamines s'amusant aux dépens d'une tierce personne. Archie bien sûr.

Nan quitta la pièce. Je l'entendis au loin se bagarrer avec quelques ustensiles ménagers.

J'étalai la gelée orangée sur mon toast en imaginant la tête d'Archie quand il me saurait à Londres habillée en homme. Morte ou folle, il n'y comprendrait rien et cela m'arracha un petit rire. « Nan devrait écrire pour le théâtre ! »

Théière de porcelaine en mains, elle revenait déjà. Le récipient me troubla. J'avais autrefois admiré cette

97

théière chez feu sa mère. Les objets sont parfois une douloureuse piqûre de rappel.

La pièce embaumait le jasmin. Le thé était tiède, mais nous le bûmes tout de même, mues par un nouvel échange autour de Mrs Lorrimer. À qui avait-elle colporté qu'elle m'avait vue ? L'avait-on crue ? « Vous aurez toujours peur, Archie. Quelle horreur pour vous, celle que vous pensiez morte risque de revenir dans un mois, un an, une décennie, à n'importe quel moment, lors d'une partie de golf, mais aussi en pleine frasque sexuelle. Ah mon ami, vous allez vivre dans une anxiété sans fond ! »

Nan avait reposé sa tasse. La voilà qui se lançait dans une imitation fort drôle de mon mari apprenant la nouvelle : « Ma femme à Londres, Inspecteur, mais vous êtes fou ! Habillée en homme, mais vous n'y pensez pas ! » Quel clown elle pouvait être ! Elle reproduisait avec un talent inouï cette manière qu'avait Archie de se tenir sur une chaise, un peu de guingois, une jambe allongée vers l'avant. Quel beau spectacle de guignol.

Puis elle s'interrompit, je replongeai en mélancolie.

Derrière les fenêtres, la neige tombait. Les toits des maisons, leur jardinet couvert d'une fine pellicule blanche avaient des allures de couverture de livre pour enfant.

— Mais vous, Nan, Mrs Lorrimer vous a vue, elle va parler de vous, affirmer que vous m'accompagniez… Vous voilà mal engagée…

— Je jurerai que c'est faux, que nombreuses sont les dames qui me ressemblent en ville. Ce sera encore plus cruel pour Archibald, il ne pourra venir m'interroger.

— Il ne le croira pas...

— Il sera bien obligé, Agatha, il y a deux dames qui ont un visage très proche du mien à Londres, cela amuse toutes mes relations car l'une est une prostituée et l'autre une disciple de ce Viennois qui se croit médecin de l'esprit, Sigmund Freud. Mon mari a croisé plusieurs fois ces femmes, il n'en revenait pas de notre ressemblance. « À croire que votre père a fauté ! » m'a-t-il même lancé un jour. Je l'ai très mal pris, Papa était la droiture et la fidélité incarnées !

— Rodney pourra en témoigner et même indiquer à Archie où trouver ces personnes s'il veut vérifier ses propos... C'est machiavélique...

La pendule posée sur le rebord en marbre de la cheminée égrena sept coups. Nan consulta sa montre.

— Est-ce l'heure exacte ? Mon Dieu, Agatha, il nous faut filer à la gare, Rodney sera vite là, il m'a dit « après le déjeuner ».

J'hésitai :

— Je remets donc les habits d'homme pour le voyage.

— Il le faut bien, il est vraiment trop risqué comme nous l'avons déjà dit de vous rendre à Victoria Station sans panoplie.

Nan m'invita à la suivre dans la chambre où nous avions, la veille au soir, rangé nos achats.

— Asseyez-vous là, Agatha, je vais préparer vos effets, choquée comme vous êtes, j'ai peur que vous n'oubliiez quelque chose... Ne vous inquiétez pas, un jour viendra où c'est vous qui vous occuperez de moi. Peut-être, cette fois, quitterai-je de la même manière Rodney. Il va falloir que moi aussi, je règle le problème de sa nouvelle maîtresse...

Tandis qu'elle remplissait une grande valise des robes achetées la veille, je m'habillai. « Ah ce bagage, soupira-t-elle, il a été synonyme de bonheur autrefois, c'est avec lui que je suis partie en voyage de noces... »

Une petite malle de lune de miel, j'en avais une moi aussi dans un placard à la campagne, « une promesse de mariage sans nuages... » avait commenté avec joie Maman. C'était en 1914. Archie portait un costume sombre et une chemise amidonnée, ses joues toutes rosies par l'émotion m'avaient donné la chair de poule. De lui, j'avais déjà envie d'un enfant. Il nous faudrait attendre quatre ans et demi et Rosalind viendrait au monde, à Torquay, le 5 août 1919.

Nan soupira : « J'en arrive à me demander si l'homme idéal existe, les histoires que nous racontent nos mères sont à mon sens pures balivernes... Ah, coupa-t-elle, j'allais oublier vos cheveux, il faut changer cette coiffure. »

Nan sortit des ciseaux d'un petit tiroir. Ses doigts agitèrent l'instrument devant mes yeux. Et l'affaire fut vite conclue.

— C'est que l'on est pressée, ma chère, commenta-t-elle. La locomotive ne nous attendra pas.

Elle me tendit un miroir de poche.

— Comment vous trouvez-vous ?

— Beau travail, Nan, je me reconnais à peine. Vous pourriez vous lancer dans la coiffure, plaisantai-je.

— Et voici trois paires de lunettes, celles-ci sont à feu ma mère, celles-là à feu ma tante et les dernières à ma sœur qui les a oubliées. Choisissez celles qui conviennent à votre vue, Agatha.

Je les testai les une après les autres.

— Celles de votre sœur, je vois bien avec, merci Nan.

— Maintenant, pressons. Enfilez donc les vêtements de Rodney, il va falloir sortir. Il est déjà huit heures et le train part à neuf heures.

— Auriez-vous un calepin, Nan ?

— En voilà un. Si seulement cette aventure vous inspirait un livre, ma chère.

Que devais-je faire des bottes de Rodney, devais-je vraiment les porter ? « Oui, dit Nan avec fermeté, vous vous en débarrasserez également dans le train et remettrez vos bottines, elles sont trop féminines, vous vous feriez remarquer ainsi déguisée en homme avec des chaussures de dame. Agatha, foi de Nan, personne ne peut penser que vous êtes une femme ! »

Je fixai mon reflet dans la glace apposée à la porte d'une grande armoire, en pied, ainsi déguisée, j'étais inidentifiable. J'éclatai de rire.

— Je suis méconnaissable, Nan. Bravo !

Huit heures vingt. Nous quittâmes en hâte le domicile de Nan et Rodney. En face de leur demeure, un garçonnet faisait un bonhomme de neige. L'image fugace de Rosalind effectuant les mêmes gestes m'embruma. La scène était précise, ma fille avait quatre ans, un bonnet rouge sur les cheveux et un manteau en flanelle grise. Ce qu'elle pouvait être bavarde à l'époque… Rosalind, que faisait-elle à cette heure ? Que savait-elle de ma disparition ? « Rosalind, je t'aime plus que tu ne le sais, si seulement ton père ne t'accaparait pas, tu es si gentille, si merveilleuse, j'aurais aimé te rendre heureuse, te donner toute mon affection. »

Nan fit signe à un *cab* : « King's Cross s'il vous plaît » et elle tendit un billet au chauffeur pour qu'il conduise vite. « Nous ne pouvons plus rien demander sans glisser quelques billets, quelle époque tout de même », grinça-t-elle. Elle se tut puis reprit : « Pensez-vous qu'un jour, avec les théories progressistes, il y aura des femmes conductrices de taxi ? »

Nous parcourûmes la ville avec aisance. Sous les roues de la voiture, le fin tapis neigeux paraissait absorber les sons. À chaque carrefour, des crieurs de journaux martelaient leurs informations. Effrayée, je tendis l'oreille, mais le bruit du moteur les étouffait.

« Et voilà, nous y sommes », baragouina le chauffeur. Il descendit, nous ouvrit la porte, fila vers le coffre récupérer ma valise.

Il était presque huit heures trente. Nous avions une trentaine de minutes pour acheter mon billet, trouver le bon quai. Je portai ma valise avec peu de difficulté et m'en étonnai. Elle était assez lourde, mais, costaude comme je l'étais à force de jardiner, je la transportai avec aisance.

— Nous allons prendre un porteur, lança Nan en en cherchant un dans la foule.

— Je préfère m'en occuper. Restons discrètes, Nan.

Dans la gare, nous circulâmes sans craindre de nous perdre. La station venait d'être remise en état, des quais avaient été ajoutés. Mon regard se posa sur l'un des côtés de la gare. Le style édouardien y dominait greffé d'éléments baroques. Quant à son immense toit, il était, disait-on, la réplique de celui qui protégeait l'école de cavalerie des Tsars de Moscou. C'était beau et impressionnant.

— Dépêchons-nous, articula avec effroi Nan, ne regardez surtout pas à droite, voilà Mr Sherston, il arrive de Sunningdale pour rejoindre la Banque où il travaille. Vous voyez, Agatha, je vous avais dit que cette gare était risquée...

— Sherston, oh non, pas lui, pitié mon Dieu.

— Ça y est, il est passé, heureusement que vous êtes en homme, il s'est retourné vers nous et m'a saluée de loin... Il doit être pressé.

— Sherston, repris-je, je n'aime pas ce personnage...

— Comme dit Rodney, « Il est de ces hommes qui ne vivent que selon l'estime que l'on a pour eux. »

— Je ne l'aurais pas aussi bien dit, Nan.

La réplique était trop bonne. Il fallait que je m'en souvienne. Elle pourrait éclairer le caractère d'un de mes personnages. Je pourrais l'appeler Sherston. Ce serait tout à fait inspirant pour dresser un portrait d'homme que de me référer à ce vilain individu.

Nous filâmes vers le guichet. Nan voulut acheter le billet, mais sans doute me prenais-je soudain au jeu de la mascarade, je lui fis signe de s'écarter et lui adressai un minuscule clin d'œil qui la fit sourire. Spectatrice réjouie, elle me regarda opérer.

« Quelle destination, Sir ? » bougonna l'employé.

Sir… Le guichetier avait dit « Sir » ! Mon déguisement était donc parfait ! Mais ces bottes, comme elles étaient insupportables à porter, mes pieds comprimés fatiguaient.

Nan retint un fou rire. En ce qui me concerne, j'étais dans le rôle. Je ne ressentais plus le malaise de chez *Harrods*. Alors, j'imitai l'accent écossais. Ainsi cet homme ne pourrait se souvenir de ma voix :

— Harrogate, s'il vous plaît. Le train est bien à neuf heures ?

— Neuf heures pile. Bon courage, Sir, il fait très froid là-bas.

Billet en mains, nous cherchâmes le quai indiqué par le guichetier. Nous le trouvâmes vite. Le train pour Harrogate y patientait. Je fus soulagée de constater qu'une seule poignée de voyageurs y embarquaient. Ainsi pourrai-je me changer en toute tranquillité.

Nan s'arrêta soudain. Elle fixait la bonne centaine de pigeons amassés à quelques pas. Les volatiles se disputaient quelques morceaux de pain. « Quel siècle, soupira-t-elle, tout part de travers, voilà que l'on nourrit les pigeons et plus les pauvres comme du temps de nos parents, regardez Agatha, là, à droite, ce malheureux homme. »

Je tournai le visage. En haillons, cet abandonné tendait la main et chacun le dépassait sans prendre garde à lui.

— Je vais lui donner une pièce, dis-je, vous avez raison, mon amie, cette époque n'est plus la nôtre et pourtant nous sommes encore jeunes.

— Jeunes, jeunes, c'est vite dit, grinça Nan qui avait trois ans de plus que moi.

Je tendis un billet au clochard. Il en fut si aba-sourdi qu'il voulut se lever pour nous serrer la main, mais, trop faible, retomba sur le sol.

— Ce monde moderne… Chacun est penché sur son quant-à-soi, son argent, murmurai-je et je me tus. Ma voix était si féminine… Quiconque perce-vant mes mots aurait identifié mon travestissement.

— Je suis comme vous, Agatha, soupira Nan, je ne cesse de penser à ceux qui n'ont rien, et quand j'en parle à nos amis, ils me regardent comme si j'étais…

— Naïve, l'interrompis-je, ah ce qualificatif !

— Rodney ne cesse de me le reprocher. Il me dit que je dois apprendre à être rude.

— Archie me dit la même chose.

Un chiot errant passa devant nous, je pensai à mon fox, il ne devait plus manger depuis mon départ.

C'est à cet instant que je sursautai et tapotai l'épaule de ma complice. Je venais de le réaliser : Notre plan ! Il n'était pas parfait ! Jamais, dans un roman, jamais je n'aurais oublié ce détail.

— Nan, nous avons oublié une chose… l'hôtel à Harrogate… nous n'avons pas réservé…

— Mon Dieu comme nous sommes têtes en l'air ! Mais, de toute façon, il y aura de la place à cette période de l'année.

« Harrogate, départ imminent ! » cria le chef de gare. Nous bondîmes vers le premier compartiment.

Ce fut le moment des adieux. Nan avait des larmes dans les yeux. Elle me serra dans ses bras. Nous devions ressembler à un couple encore bien amoureux.

Le train m'emporta vers Harrogate. Des hectares de champs s'étendaient à perte de vue, des oiseaux par centaines, ici et là, paraissaient converser en d'importants conciliabules. Souvent l'hiver, à Sunningdale, j'observais cette foultitude de merles rassemblés sous les pommiers déchus de feuilles. Je leur prêtais toutes sortes de conversations, de disputes, de parties de rire, et je m'en amusais.

Personne dans le couloir du compartiment, je filai aux toilettes comme prévu, valise à la main, pour me changer. Accroupie à fouiller ma valise, je paniquai : Nan avait oublié d'y placer mes bottines. « J'aurais dû faire mon bagage moi-même, je vais encore devoir supporter ce calvaire, les bottes de Rodney ! » Pourquoi n'avais-je pas vérifié le contenu de la valise. « Tu n'es plus assez scrupuleuse. » L'Agatha Christie que j'étais n'était plus à la hauteur de son nom.

Consternée, je me déshabillai, revêtis les vêtements trouvés chez *Harrods*, rassemblai les effets de Rodney en boule et rejoignis le couloir. Aucun voyageur. Ce n'était effectivement pas une période où mes compatriotes se déplaçaient. En un geste rapide, j'ouvris une vitre et jetai mon déguisement masculin à tous vents. Le froid s'engouffra dans le wagon. Les vêtements de Rodney volaient ; dans le vent et les flocons de neige, ils ressemblaient à quelques épouvantails détachés et perdus.

Je revins vers mon compartiment, en tirai les rideaux et calai ma nuque sur le repose-tête. La mélancolie m'envahit à nouveau. Archie, je l'avais aimé plus que tout, passionnée au point de ne pas trouver une fleur, un panorama plus fascinant que lui. L'ovale de son visage, l'épaisseur de ses sourcils, la finesse de ses doigts… Certes, j'éprouvais encore des sentiments pour lui.

Bercée par le ronronnement du train, je finis par dormir. Le rêve vira au cauchemar, les traits de mon mari devinrent détestables. Je le revoyais l'avant-veille, me lançant, les yeux furieux, les lèvres en guerre : « Cette fois, Agatha, il faut divorcer, Nancy Neele et moi, c'est du sérieux ! »

Combien de temps sommeillais-je, visage enfoui dans mon col ? Je l'ignore.

Quand je me réveillai, je sortis le calepin que Nan avait glissé dans mon sac et entrepris d'écrire. Quoi ? Je ne savais pas encore.

Ma plume courait sur le papier, apparurent sur le blanc de la feuille des sentiments dont je n'avais jamais osé parler dans mes livres.

Quelques heures plus tard, dans des effluves de vapeur, nous arrivions à destination. Je refermai mon carnet, un peu honteuse des mots que j'y avais versés : *Combien, de dos, il était beau à voir ! Elle n'avait pas oublié cette allure souple et vigoureuse, ce port de tête, ce cou. Sans raison, elle était devenue nerveuse.*

La gare d'Harrogate avait des allures de cathédrale. De belle taille, elle s'imposait par ses volumes tout en rondeurs. Dans le hall, le calme me parut suspect. « Une dame seule dans une ville inconnue, rien n'est plus dangereux », je me souvins des recommandations de ma mère lors d'un voyage en France. Elle avait préconisé à Paris « de rester toujours près de sa famille ». Les quais déserts présageaient-ils de mauvaises rencontres ? Ne risquais-je pas de me faire agresser ou voler ?

Je n'en suis pas fière, mais, je l'avoue, la « reine du crime », comme on me qualifie souvent, est de nature peureuse. J'aime plus que tout les cadres de vie sûrs et sereins, les amitiés de longue date jamais remises en question, les couples qui durent, les domestiques fidèles et les chaussures solides dont l'usage dépasse deux ou trois années. Qu'un élément trouble la routine de mon quotidien, et c'est l'anxiété qui s'abat. Il n'y a vraiment que dans l'écriture où je n'ai pas peur des ombres portées. Le suspense, les meurtres que je décris ne m'effraient pas, ils m'amusent, mon métier de romancière est un théâtre permanent, je n'arrive pas à imaginer une seule de mes histoires possible. Pourtant, je lis les journaux et j'ai vent, comme tout le monde, des assassinats perpétrés dans les ruelles de Londres.

Aussi, au moment où dans ce hall de gare un homme, regard de fou et cheveux hirsutes, hurla près de mon oreille : « Est-ce un crime ? » la peur déferla comme une marée violente.

Je reculai d'un bond, mais il resta sur place, continua sans me quitter des yeux : « C'est sans doute un crime ! » Ses arcades sourcilières étaient couvertes d'immenses taches bleu-noir cernées de jaune, l'aile gauche de son nez, rouge, indiquait un coup de poing récent. Que me voulait ce dément dont la casquette tombait sur la tempe comme un œuf au plat mal centré ? Pourquoi hurlait-il à tout vent ces

109

phrases effrayantes ? J'articulai des mots qui durent ressembler à : « Mais enfin, jeune homme, laissez-moi tranquille ou j'appelle la police ! » J'étais prête à administrer un coup de sac à main sur son visage quand j'entendis mon nom : « Agatha Christie a disparu, la reine du crime a-t-elle été assassinée ? » « Agatha Christie, peut-être kidnappée ! » Ces annonces lancées à la vitesse de balles de squash. Je sentis mon abdomen se disloquer, mon cœur frapper tel un gong.

Ce garçon, je le compris alors – et comment ne l'avais-je pas réalisé ? –, était un crieur de journaux ! « La célèbre romancière a disparu ! » reprit-il en agitant un journal comme un fanion.

J'étais happée, cannibalisée par les déclamations de ce cracheur de nouvelles, sa façon de se pencher vers l'oreille des passants pour leur vendre ses gazettes. « On va te reconnaître ! » me dis-je affolée. Je baissai la tête, ramenai ma frange en avant et repositionnai les lunettes : « Quitte vite cet endroit, Agatha ! »

Une nuée de voyageurs étaient maintenant assemblés devant lui, l'excitation de la foule était effrayante, les voix fortes, aiguës jouaient du fer. « Un journal pour moi ! » « Moi aussi ! » « Ici, ici s'il vous plaît ! » « Par ici, un journal ! » Les bras tendus paraissaient vouloir lancer des piécettes en l'air. Les curieux venaient de toutes parts, des quais, des guichets, du bar, de la rue et achetaient les journaux. Poussée, bousculée, l'Agatha Christie que j'étais se retrouvait une nouvelle fois dépassée par les événements. Une nouvelle fois, le théâtre de ma vie jouait une improvisation. Ma hantise.

Ainsi toute l'Angleterre était au courant de ma vie privée ! Insupportable pour une personne comme moi dont la morale première est de rester discrète en toute situation. Et ô combien désespérant pour Archie qui était encore plus discret que moi. N'avait-il pas essayé de me faire promettre au moment où il m'annonçait notre divorce de cacher à nos relations sa liaison avec Miss Neele. À quiconque et *ad vitam*. Le comble du comble que d'exiger cela de moi !

« La police va-t-elle retrouver Agatha Christie ? » hurla un autre jeune homme. Puis il reprit : « Le mystère s'épaissit, le mari de la romancière est interrogé par la police. »

Sans réfléchir, je fonçai droit devant moi et quittai la gare. Le *Swan Hydropatic Hotel* ne devait pas être très loin.

Pas de taxi dehors. Je tournai plusieurs fois sur moi-même. Pliée en deux, yeux et menton dirigés vers ses genoux, une dame âgée venait de s'arrêter, essoufflée, à un mètre de moi. Aucune chance qu'elle m'identifie avec ce chapeau cloche, cette écharpe enrobant le bas de mon visage : « Veuillez m'excuser, sauriez-vous où se situe le *Swan Hydropatic Hotel* ? »

L'ancêtre ne tenta pas de me regarder ni ne chercha à être courtoise, elle pointa sa canne vers la gauche et grinça un aigre « c'est par là ». Agrippée à sa canne, elle reprit son chemin, voûtée tel le cep de vigne sur son tuteur.

Dans la direction dictée par la nonagénaire, je me dirigeai. L'air glacé engourdissait mes joues. Tout s'offrait en de superbes arrondis dans cette ville, chaque coin de rue formait non pas un angle droit, mais une courbe. Harrogate était à la fois poétique et d'une classe folle. Et ces grandes étendues de gazon recouvertes de givre, c'était magnifique.

Je croisai un puis deux puis trois hôtels. Des établissements chics aux vastes jardins dont je pouvais imaginer la décoration raffinée, les lits à baldaquin, le velours des rideaux, les théières siglées de leurs noms majestueux, *Majestic Hotel, Crown Hotel.* Puis je dépassai les Royal Baths, ces fameux bains turcs dont avaient parlé Mr et Mrs James. Ils avaient été conquis par leur cure et les soins prodigués.

Une femme et un homme vêtus de manteaux de fourrure marchaient devant moi. C'était inhabituel de croiser un gentleman portant ce type de vêtement réservé aux dames. Peut-être était-il un Français, un Italien venu en cure à Harrogate. Parfois, sous la neige, le couple s'arrêtait et l'homme indiquait à son épouse, de la pointe de son parapluie fermé, la façade d'un immeuble ou la forme de fenêtres aux linteaux finement sculptées. Un couple comme nous en avions formé un, Archie et moi.

Enfin, à cinq ou sept minutes à pieds de moi, j'aperçus la façade du *Swan Hydropatic Hotel,* un large et long bâtiment scindé en plusieurs morceaux, haut de trois étages seulement. Quel vaisseau fier et chic ! Les chambres devaient y être spacieuses, les salles de bains dernier cri. Aucun désagrément ne pouvait y survenir, j'en fus convaincue au premier regard.

Il présidait un grand parc ouvert sur la rue. Sur le côté gauche de sa façade, tel un solitaire, trônait une étincelante véranda. Je détaillai l'apparence de l'établissement. Il n'était pas très beau, en tout cas pas au regard de l'architecture dont je suis admirative, mais s'affichait massif, murs sombres, fenêtres presque trop alignées, entrée petite par rapport à la grandeur de la façade. Mais il suffisait de saisir l'élégance de cette sobriété pour l'apprécier et comprendre qu'il s'agissait d'un établissement chic. M'en rapprochant, je distinguai un immense arbre de Noël derrière les façades vitrées.

C'était la première fois de mon existence que je me retrouverais seule, sans mari, sans amie, sans domestique dans un lieu étranger. Une vilaine sensation de peur me saisit, qu'avais-je tout à coup à trembler ainsi ?

— Un problème ? Puis-je vous aider ? interrogea un inconnu accompagné de son chien.

— Tout va bien, merci.

Ce quadragénaire était d'une élégance folle. Tout en lui indiquait classe, culture, humour.

— Ça n'a pas l'air, avez-vous été agressée ?

Il ausculta mon front de la même manière que le ferait un médecin cherchant à repérer quelques stigmates.

113

— Non, non, pas du tout, dis-je d'un air revêche fidèle au rôle que Nan m'avait imaginé. Cette blessure est le résultat d'une mauvaise chute domestique.

Je fis un pas de côté, mais il se plaça devant moi, m'interdisant ainsi de m'éloigner. Son épagneul noir et blanc reniflait mes bottes avec une attention croissante.

— Arrête, Tony, lança ce bel homme en tirant d'un coup sec sur sa laisse et il se présenta : Inspecteur Michael Callaway. Mrs... ?

« Comment jouer de l'esquive auprès d'un policier ? » pensai-je en triturant ma frange.

— Mrs Neele, Inspecteur, *nice to meet you,* enchantée de faire votre connaissance.

Ce nom sorti spontanément de ma gorge me fit presque sursauter, je ne l'attendais pas. Nan et moi avions pensé à bien d'autres patronymes ! N'étais-je plus capable de me tenir à une procédure ? Agatha Christie m'échappait donc encore...

— Mrs Neele, tiens, tiens, Mrs Neele, fit écho l'homme, ce nom me dit quelque chose...

« Non, réalisai-je avec effroi, non, non, que cet homme n'ait pas lu dans l'un de ces journaux le nom de la maîtresse de mon mari ! » Je forçai l'apaisement en douceur :

— Teresa... Mrs Teresa Neele, Inspecteur Callaway.

L'improvisation cette fois me satisfit.

— Voici ma carte, Mrs Neele, je n'officie pas aujourd'hui, mais reprends le service demain, si vous avez un souci, n'hésitez pas.

114

Le policier venait de baisser la tête, il scrutait les bottes de Rodney, cet élément me dénonçait, du moins me sembla-t-il.

— Merci de votre amabilité, Inspecteur, merci beaucoup, susurrai-je et, pour excuser cet élément suspect, j'expliquai tout sourire : Oh je vois que vous regardez mes chaussures comme le font toutes mes relations. C'est étrange, j'en conviens, une épouse qui porte les bottes de son mari. Cela fait rire tous nos amis ! Mais mes pieds ne supportent ironiquement que celles-ci pour aller à la chasse ! Et nous avons chasse, ce soir.

— De la chasse à Harrogate ? murmura éberlué Callaway en fixant ma valise. Il s'interrogeait de toute évidence sur ce fait : Pourquoi cette dame seule erre-t-elle à Harrogate ?

J'interrompis sa réflexion.

— Mon époux et moi adorons le sanglier !

Hercule Poirot entendant cette réplique ne m'aurait plus lâchée, certain soudain d'être face à une voleuse, une empoisonneuse ou, pourquoi pas, la complice d'un criminel.

Mais, pressé d'en découdre, l'Inspecteur ne réagit pas, ne me proposa même pas de porter ma valise jusqu'à ma destination finale car son chien, impatient, tirait sur sa laisse. Auréolé de flocons de neige, il me salua : « Je suis à votre disposition pour tout souci, bien sûr, n'hésitez pas, pour l'heure, mon supérieur est Tony, plaisanta-t-il, sa promenade attend, *have a nice day*, Mrs Neele. » Et il s'éloigna à pas vifs.

« Voilà un policier peu scrupuleux », me dis-je en le suivant des yeux quelques secondes. Je fixai le chien, quelque chose me dérangeait dans sa démarche. Je scrutai son train arrière. Et constatai, triste, que l'épagneul boitait. « Et en plus, l'Inspecteur va bientôt être très malheureux, le train arrière de son Tony va se paralyser. » J'avalai ma salive, la compassion en matière animalière est l'une de mes caractéristiques.

La neige s'offrait plus drue, le sol était glissant : « Il ne manquerait plus que tu te casses un bras, râlai-je. Sois prudente. » Je me faisais l'effet d'être une fille perdue, sans parent, sans foyer, sans mari, sans enfant, une pauvresse sans avenir autre que la misère. J'avais pitié de la femme que j'étais, une femme qui ce soir, dans un hôtel étranger, pleurerait toutes les larmes de son corps d'avoir été flouée par son piètre mari, d'avoir perdu sa mère.

Aurais-je été un tapis persan qu'on en eût vu la trame.

Un groom se présenta à l'entrée de l'établissement. Il prit mon bagage. Et la magnifique porte à tourniquet accueillit mes pas de naufragée.

Dans le hall, quelques fauteuils crapauds recouverts d'un chic velours offraient leur assise, des effluves de cigare, des tableaux, mon univers… Tout à coup, je n'avais plus peur de rien, j'étais chez moi, chaque détail était conforme à ce à quoi j'étais habituée.

Toute de bois précieux encadrée, la réception était située à droite de l'entrée. Dans son uniforme noir, le concierge écoutait un quinquagénaire muni d'une sublime canne à pommeau d'argent. Les cannes, une passion familiale. Nous en avions une collection exemplaire à Greenway. Elle comportait plus de cinquante pièces chinées ici et là. Je cherchai à distinguer le pommeau de l'accessoire, une tête de cerf, me sembla-t-il.

Son propriétaire regardait le concierge avec arrogance.

— Tout d'abord, mon épouse et moi vous remercions de votre diligence, le médecin que vous avez fait venir est excellent.

— Nous sommes à votre disposition, Mr Reid.

— Et si vous pouviez trouver une librairie, mon épouse souhaite lire, elle a épuisé les romans qu'elle avait apportés et le temps ne nous incite pas à aller faire des achats.

— Bien sûr, Mr Reid, quels ouvrages souhaite Mrs Reid ?

— *Le Crime du golf* et *L'Homme au complet marron* d'Agatha Christie.

— J'envoie tout de suite un garçon à la librairie.

« Ciel ! Agatha Christie, encore elle ! grommelai-je. Elle ne me laissera donc jamais en paix ! »

La prétention du client hautain se fixa alors sur ma personne. Oh ce rictus au coin de ses lèvres quand son regard frôla la surface de mes bottes ! Le rictus de cet homme m'inquiéta, mais, attirant mon attention sur ce point, me permit aussi de constater combien mes orteils souffraient moins. Soit mes pieds s'étaient habitués à la pointure de Rodney, soit le cuir s'était détendu.

Ensuite ?

Ensuite tout se déroula comme je l'avais prévu. Le livre de ma vie reprenait du sens grâce à ce plan ourdi avec mon amie, Nan. Et puis, ce concierge, son visage, son sourire minuscule, tout était là qui me parlait confort et soulagement.

— Bienvenue dans nos murs, madame. Combien de jours madame souhaite-t-elle demeurer au *Swan Hydropatic Hotel* ?

— Plusieurs jours, je ne sais pas encore, tout dépend des effets de la cure.

— *Of course, of course*, répéta le concierge, comme vous le souhaitez, madame, l'hôtel n'est pas très fréquenté à cette époque. À quelle adresse devrons-nous envoyer la facture ?

— Je réglerai moi-même, coupai-je en ramenant ma main droite vers ma taille, sur la ceinture de ma jupe.

Je repensai à la réflexion de Nan : « C'est que tu ne voulais pas vraiment te suicider si tu es partie avec tant d'argent. » Non, je n'étais finalement pas d'accord. Ce geste ne signifiait rien. Je ne savais pas pourquoi je m'en étais muni. Je voulais mourir.

— Prendrez-vous vos déjeuners, vos dîners à la salle à manger ?

— Je les prendrai dans ma chambre.

— *Of course, of course.*

Ses doigts remplissaient un formulaire aux effigies de l'hôtel. Cet homme était d'une lenteur incroyable, c'est tout juste si je le voyais respirer. Était-ce l'eau des bains turcs d'Harrogate qui rendait aussi calme ?

— À quel nom ?

— Mrs Neele, dis-je sans une hésitation.

— Et pour l'adresse, Mrs Neele ?

— Le Cap, Afrique du Sud.

— Mrs Neele vient de loin pour nos thermes, nous en sommes honorés.

Tout continuait de se passer comme je l'avais planifié. Il y avait juste ce patronyme… « Mrs Neele ». C'était apparu comme ça, d'un bond. Ah que l'esprit est coquin parfois à jouer avec nos démons intérieurs, à les brandir tels d'ironiques fanions ! Comme cette usurpation d'identité était jouissive ! Elle donnait davantage d'éclat à ma vengeance. Je jubilai d'entendre l'homme reprendre ce nom.

— Mrs Neele, souhaitez-vous être sur cour ou sur jardin ?

— Sur jardin.

— *Of course, of course.*

« *Of course, of course* », comme je l'appellerais désormais, inscrivit mon patronyme sur son grand registre à la couverture en velours vert, me tendit un stylo « pour signature ».

— Chambre 5, premier étage. Si quoi que ce soit vous déplaisait, nous pourrions bien sûr vous en proposer une autre, Mrs Neele. Le *Swan Hydropatic* vous souhaite un bon séjour.

Je n'eus pas le temps de prononcer un simple « merci », le concierge se tourna, indiqua d'un bref mouvement de main une pile de journaux posée près de lui. « Souhaitez-vous le *Daily News* ou le *Harrogate News* ? » Je l'interrompis brusquement, affolée.

— Non, merci, je l'ai déjà lu.

En première page, s'étalait mon visage, une photographie prise quelques années plus tôt pour la sortie de mon livre *Le Meurtre de Roger Ackroyd*. Mais impossible de distinguer les titre et sous-titre de l'article qui composait la demi-page du journal. Par quel miracle ne m'avait-il pas reconnue ?

— L'avez-vous parcouru vous-même ? lançai-je pour vérifier, me rassurer ou m'affoler, je ne savais pas encore.

— Nous n'avons bien sûr guère le temps de lire les journaux, nous nous consacrons au *Swan Hydropatic.*

— Vous êtes d'un grand professionnalisme ! appréciai-je, rassurée, et l'homme émit un minuscule gloussement de satisfaction.

— À votre service, Mrs Neele.

— Je ne manquerai pas de signaler votre grand professionnalisme à votre directeur, c'est un proche de mon mari, mentis-je afin de mieux manipuler l'homme, lire les journaux au sein de son travail serait une grave erreur…

— Oh merci, Mrs Neele.

Je me détendis et reconnus ce plaisir éprouvé par la romancière au moment où elle vient de dénicher le plus beau des alibis à son criminel. « Le clef d'or ne lit pas les nouvelles… En revanche, le reste du personnel ne doit pas s'en priver lors des heures creuses. » Je devais être prudente, me débrouiller pour ne pas ressembler au cliché publié.

Le concierge fit signe à un garçon d'étage.

— Accompagnez Mrs Neele à sa chambre, George.

— Oui, Mr Arlington, tout de suite.

— Et prenez les bagages de Mrs Neele évidemment, George.

Il s'adressa à moi.

— Les autres valises et malles de Mrs Neele sont-elles à l'extérieur ?

— Elles arriveront plus tard.

— Oh, je comprends, Mrs Neele, c'est loin l'Afrique du Sud…

Je le remerciai et laissai le garçon, clé de ma chambre en main, me guider.

À peine entrée dans ma chambre, je ne pus m'empêcher de lui demander s'il avait lu les gazettes.

— Non, Mrs Neele, je ne les ai pas lues.

— Les parcourez-vous en général, George ? ajoutai-je l'air désinvolte.

— Non, Mrs Neele, je n'en ai pas l'occasion.

— Vous avez bien raison, c'est du temps perdu, appréciai-je d'une voix de miel.

Prononçant cette phrase, je réalisai combien je me coupais désormais de toute possibilité de demander que l'on me livre les journaux du matin. Je me repris à la vitesse d'une étoile filante :

— Il n'y a que dans le plus profond des ennuis que l'on peut se permettre ce genre de lecture, alors les inepties distraient... surtout les faits divers...

Je changeai de ton et me fis moins amène.

— Maintenant, je souhaiterais commander un repas, pourriez-vous me donner le menu ?

Le garçon se dirigea vers un secrétaire. J'examinai son visage d'ange, il n'avait pas vingt ans et des yeux si bleus qu'ils en étaient troublants.

— Il est là, Mrs Neele. Voulez-vous que je prenne votre commande tout de suite ou préférez-vous réfléchir ?

— Maintenant, ce sera parfait.

Je consultai en toute hâte la carte :

— Un plat d'œufs et de haricots sautés. J'ai très faim, jeune homme, le voyage a été long.

— Bien. Prendrez-vous un dessert ?

— Deux compotes de pommes. Et un verre de bordeaux. Ou plutôt une bouteille.

— Cela vous sera servi dans une heure.

— Je souhaiterais que ce soit toujours vous qui vous en occupiez. Faut-il que je précise ma volonté au concierge ?

— Je vais m'en charger, Mrs Neele.

— Merci, je ne manquerai pas de dire à votre directeur, un proche de mon mari, combien votre travail est impeccable.

— Merci, Mrs Neele.

— Pourriez-vous, en même temps que mon repas, me monter le *Daily Mail* et le *Daily Sketch,* George, s'il vous plaît ? Ceux d'hier et ceux d'aujourd'hui ? Comme je vous le disais, les fadaises sont juste agréables à parcourir dans les plages d'ennui.

— Bien sûr. Désirez-vous également la présentation des cures thermales et le programme du théâtre ? Le Royal Hall offre de belles pièces et les comédiens sont fameux, dit-on.

— Merci, oui. Vous serez gentil de veiller à ce que je ne sois jamais dérangée le matin, le plateau doit être laissé devant ma porte, avec les journaux.

— Je m'en chargerai personnellement. Souhaitez-vous prendre votre breakfast à la salle à manger ou dans votre chambre ?

— Ici, merci.

— À quelle heure souhaitez-vous être servie ? s'empressa le groom.

— Sept heures.

— Sept heures. C'est noté. Et que souhaitez-vous ?

— Darjeeling, toast, porridge, confiture d'orange, œufs pochés. Deux, vraiment pochés c'est-à-dire servis sur une assiette, ne confondez pas avec des œufs mollets comme cela arrive trop souvent.

— Oui, Mrs Neele.

— Pourriez-vous également me trouver du papier, un gros bloc s'il vous plaît, je dois écrire de nombreuses lettres.

— Bien sûr.

Il fit quelques pas de côté, sa grâce était réelle et, avec cette façon de balayer le sol avec la pointe de ses chaussures, il ressemblait à un danseur. Je ne pus retenir : « Vous aimez la danse, n'est-ce pas ? »

Il rougit, interrompit son élan vers le couloir. Était-ce mon instinct maternel qui s'emballait ? Je me laissai aller à vouloir le soulager de sa timidité et de sa difficulté à assumer son goût pour la danse. Il affichait des yeux en forme de billes et ses mots martelèrent : « Oui, j'apprécie cet art. »

George me parla alors à la troisième personne. Sa manière à lui de bifurquer et de m'éloigner de sa vie.

— Mrs Neele souhaite-t-elle autre chose ?

— Non, merci mon garçon, je ne veux pas vous retenir davantage, vous avez du travail.

Tel un patineur sur glace soudain mal dégourdi, le garçon quitta la chambre.

Je regardai autour de moi. Cette chambre était à mon goût. Lit baldaquin, commode en acajou surmontée d'un miroir aux formes parfaites, tapis persan aux couleurs chaleureuses. Déjà, je me sentais chez moi. En terres connues. Je me dirigeai vers la fenêtre, en écartai les lourds rideaux. Le jardin n'était ceint d'aucune clôture, ni de bois, de fer forgé ou de mur végétal. Pas un arbre, pas de buissons, juste une étendue d'herbe, longue, rectangulaire, couverte de neige fendue par une étroite allée de gravier. « La Sibérie en hiver », comme l'a souligné Nan.

Nan, je ne devais pas l'oublier !

Nous étions convenues de nous parler au télé-phone bientôt, en fait dès la prochaine absence de Rodney, c'est-à-dire le 9 décembre, dans trois jours. Elle avait précisé : « Si vous rencontrez un problème, faites sonner le téléphone et raccrochez, ceci deux fois de suite. Et je me débrouillerai pour vous joindre. Si vous ne me joignez pas de cette manière avant le 9, alors je saurai que tout se passe bien. »

À ma droite, contre le mur, un secrétaire Sheraton et une chaise au dossier sculpté représentant une scène de chasse. Ce duo hétéroclite me plongea en nostalgie. À Ashfield, la maison que j'avais héritée de Maman, semblable mobilier figurait. Ma mère le tenait de sa grand-mère qui l'avait reçu en cadeau de mariage. Je pensai quelques secondes à ces magni-fiques collections rassemblées à la maison, les porce-laines de ma grand-mère et de ma mère, les meubles anciens dont raffolait mon père, en particulier les sièges Chippendale en bambou qui intriguaient chaque visiteur. Et cette multitude de tableaux, il était à la mode d'en couvrir les murs. « Qui, désor-mais, chérira ces merveilles, mes meubles en papier mâché, mes camées, mon collier vénitien, ma parure florentine et mes cinq petits poissons en brillants ? »

Un fauteuil en velours brun offrait ses bras à côté de la fenêtre, je fis deux pas pour aller m'y lover.

On frappa à la porte, je sursautai.

— Service d'étage, entendis-je derrière la porte. Je reconnus la voix de George.

— Est-ce vous, George ?

— Oui, Mrs Neele. Votre déjeuner.

J'ouvris. Plateau en mains, George entra.

— Voici également les journaux.

— Merci, posez-les sur la console, mon garçon.

Je feignis un rire.

— Comme je m'en veux de lire ces bêtises, mais j'ai oublié de prendre des livres. Mieux vaut un bon roman, n'est-ce pas ?

— Oui, Mrs Neele. Mieux vaut un bon roman.

Le jeune homme baissa les yeux, il fixait le bout de ses chaussures. « En voilà un, me dis-je, qui ne va pas prendre connaissance des nouvelles pendant plusieurs jours, il aura trop peur de se trahir et que je confie son intérêt futile pour la presse au directeur de l'hôtel… »

— Quel roman avez-vous déjà lu, George ? demandai-je, curieuse de constater s'il connaissait ou pas mes ouvrages.

— J'ai lu *La Mystérieuse Affaire du Stylo* d'Anna Christie.

— *La Mystérieuse Affaire de Styles* d'Agatha Christie, voulez-vous dire ?

— Oui, ce doit être cela, j'ai oublié le titre et le nom.

— Avez-vous aimé ?

— Non, j'ai tout de suite trouvé qui était l'assassin.

Devais-je en être blessée ou en rire ? Je pris le parti de laisser glisser l'appréciation. Après tout, ce n'était pas la première fois que je me trouvais face à un détracteur.

— Pourtant, ce n'était pas facile, George…

— Certes… Madame désire-t-elle autre chose ?

— Cela ira.

— Les œufs de Mrs Neele seront parfaitement pochés dès demain matin, le maître d'hôtel l'a garanti.

— Merci, vous pouvez y aller.

Le jeune homme s'en alla comme il était venu.

Avide, je me jetai sur les journaux. *Daily Sketch, Mail, Harrogate News, Daily Mirror…* Quelle horreur ! Tous parlaient de moi.

La voiture de la romancière a été retrouvée au bord de l'étang de Silent Pool. Son manteau et sa carte d'identité étaient sur la banquette arrière. Dans une cabane située à quelque dix mètres de là, la police a également retrouvé un poudrier appartenant à la romancière. Tout indique qu'Agatha Christie s'est suicidée. L'Inspecteur chef Kenward fait sonder l'étang.

Impossible d'avaler quoi que ce soit après cette lecture. Pourtant, comme j'aimais les desserts, en particulier la compote de pommes !

Ainsi, toute l'Angleterre était désormais au courant de ma disparition.

Je fermai les rideaux. Pour l'heure, l'important était que le personnel de l'hôtel ne pénètre pas dans mon refuge. Le panneau « Ne pas déranger » accroché à la poignée dorée de la porte donnant sur le couloir suffirait-il ?

*Au même moment, mon mari
était à nouveau face à l'Inspecteur chef Kenward.*

L'INSPECTEUR CHEF KENWARD : Nous avons un autre témoin, une épicière. Elle dit avoir servi Mrs Christie et affirme que celle-ci avait reçu un coup de couteau sur le front.

ARCHIE : Un coup de couteau maintenant ! Avec toute cette publicité sur la disparition de ma femme dans les gazettes, les gens veulent faire leurs intéressants ! J'ai moi-même reçu ce matin une lettre anonyme me disant qu'on avait vu ma femme se faire enlever par des extraterrestres !

L'INSPECTEUR CHEF KENWARD : Enfin un troisième témoin, un homme, affirme avoir dépanné sa Morris Cowley en panne aux alentours de six heures, le 3 décembre au matin. Il pense qu'elle a été assassinée ensuite.

ARCHIE : Elle n'a pas été assassinée…

L'INSPECTEUR CHEF KENWARD : Suicide après une rupture violente alors ?

ARCHIE : Ce n'est pas un suicide non plus ! Ma femme est incapable de commettre un tel acte.

L'Inspecteur chef Kenward : On a retrouvé son poudrier dans une cabane à proximité de l'étang. Il y avait également une carte postale représentant Stonehenge, mais elle était vierge.

Archie : Je sais, oui.

L'Inspecteur chef Kenward : Une battue a lieu. Quinze mille personnes et des chiens par centaines fouillent autour du lac à l'heure qu'il est... Les bois, les champs, les cabanes. Et vous ne participez pas à cette battue, Colonel Christie ?

Archie : Je commence à être fatigué de tout cela...

L'Inspecteur chef Kenward : Vous ne croyez donc pas nécessaire de chercher votre femme ? Qui protégez-vous, monsieur ? Mrs Agatha Christie, Mrs Neele ?... Ou vous-même ?

7 et 8 décembre 1926

Mes premières quarante-huit heures au *Swan Hydropatic* furent synonymes d'idées noires. Je restai couchée, incapable de sortir de mon lit. Cela ne m'était jamais arrivé. Sauf quelques mois auparavant, après le décès de Maman.

Des peurs jusque-là inconnues m'assaillaient de toutes parts : « Comment vit-on quand son mari vous a abandonnée ? Que devient-on ? Réussit-on à se relever pour s'occuper de ses enfants, de sa maison ? Reste-t-on ainsi des années avec l'envie de mourir au ventre ? »

Par à-coups, l'image de mon mari et de sa Nancy Neele venait ponctuer avec sadisme ces terreurs infernales. Archie allongé sur le dos avec cette fille dans les bras, c'était certes grotesque, mais comme cela me déchirait. Et ses mains qui caressaient les courbes nues de cette créature, quelle horreur ! « C'est sérieux avec Nancy Neele, Agatha, il faut que vous compreniez ! »

131

« Agatha Christie, jalouse et sentimentale », aurait pu s'intituler ce pan de mon autobiographie, ce chapitre impossible à assumer.

— L'écriture, me répétais-je. La seule solution est de travailler d'arrache-pied, écrire sauve de tout...

— Mais je n'ai pas envie d'être sauvée... me répondis-je en refrénant mon chagrin. Et puis Noël sans Maman... c'est impossible...

Ma mère, la perfection même. Nulle autre femme ne pouvait atteindre sa hauteur de cœur et d'esprit. Je l'aimais et la vénérais en même temps. Sans son appui et son regard, j'étais une amputée, tels ces malheureux soldats sans bras, pied ou gueule cabossés que j'avais soignés, infirmière, pendant la guerre.

La tête sur l'oreiller brodé aux initiales du *Swan Hydropatic,* je n'étais plus que larmes, humeurs et sueurs. L'euphorie partagée avec Nan avait disparu. Plus aucune trace d'entrain. Tout m'accablait y compris le tableau fixé face à moi, la représentation d'une plaine ensoleillée, mais morne sur laquelle paissaient quelques vaches.

— Il faudrait manger, Agatha. Et boire quelque chose... Ce vin que tu as commandé, fais un effort.

— Je m'en contrefiche, je ne veux rien, juste m'endormir pour l'éternité sans m'en rendre compte...

Dialoguer avec moi-même devenait une manie, c'est que ces conversations de moi à moi me rassuraient, un peu comme si je prenais mes décisions à deux, l'une avec ma voix de petite fille geignarde, l'autre avec celle d'une mère, calme et douce. Était-ce un dédoublement de personnalité ? Devenais-je folle ? De cette folie dont parlait Sigmund Freud, ce médecin qui s'adonnait à l'étude de l'esprit humain. Je n'avais jamais pris au sérieux les théories de ce Viennois. Les médecins de l'esprit qui se disaient ses disciples et recevaient à Londres me paraissaient être de bons commerçants en crédulité. On affirmait dans les salons qu'ils faisaient fortune grâce aux états d'âme de leurs patients.

« Je deviens folle, Seigneur
Ne permets pas que la folie me gagne
Empêche-moi d'aller plus loin dans mes souvenirs...
Ne me laisse pas continuer à réfléchir... »

J'ignorais alors, désespérée comme je l'étais, que cette prière apparaîtrait dans mon roman sentimental signé de mon pseudonyme Mary Westmacott, *Loin de vous ce printemps*.

Et si, contrairement à ce que j'avais pensé jusqu'alors, faire une cure psychanalytique me guérissait de mes souffrances ? J'imaginai Archie désespéré. Il m'accompagnerait chez un disciple de Sigmund Freud, me tiendrait la main, supplierait : « Pardon, pardon, je ne voulais pas, Agatha, vous faire autant de mal. » Alors je dirais : « La seule guérison ne peut venir que de l'amour, Archie. »

Lovée tel un chat frileux sous les couvertures, je pensai au manteau de ma mère. « Pourquoi l'avoir abandonné dans la Morris ? C'est un peu comme si je t'avais laissée, Maman, alors que j'ai tant besoin de te sentir tout près... » Je fus secouée par une succession de hoquets larmoyants « comme on doit être bien dans le ventre de sa mère, mieux vaudrait ne pas naître et y rester pour l'éternité ».

Jaillirent sous mes paupières les scènes d'un nouveau film : dans la baignoire de la salle de bains de cette chambre, je me visualisai en train de me couper le poignet avec le petit canif logé dans ma poche, un accessoire ayant appartenu à ma grand-mère, un talisman, le dernier cadeau qu'elle me fît. « Veines tranchées, c'est parfait », tremblai-je.

Durant plus de dix heures, je pleurai, me mouchai. Nancy Neele et mon mari, non, je ne le supportais pas, je ne le supporterais jamais ! Je leur souhaitai alors du mal ! Accident, maladie, pauvreté, tout y passa. J'étais pitoyable, mais ne l'est-on pas toutes quand notre époux nous quitte pour une autre, plus jeune, plus désirable ?

La vie à la campagne pouvait-elle être la cause de l'éloignement d'Archie ? Je l'y avais entraîné malgré lui qui aurait préféré vivre à Londres. L'argument de poids avait été le golf installé tout près de la maison de Sunningdale. Mais, au final, notre nouvelle demeure, n'avait-elle pas ouvert une brèche entre nous ? Avais-je fait une erreur en faisant fi des racontars circulant en ville : « Cette maison porte malheur, les deux anciens propriétaires y ont vécu un drame, l'un a perdu sa fortune, l'autre sa femme. »

Je me rassurai : « Il était heureux de cet achat, il a même débaptisé la demeure qui avait été appelée *Sans souci* pour l'appeler *Styles* en référence à mon premier livre *La Mystérieuse Affaire de Styles*. Seul un homme comblé peut avoir une si jolie idée… Et puis, Archie était d'une prévenance folle ce printemps-là, il m'honorait chaque matin, mes doigts couraient entre ses omoplates, j'étais heureuse. Il avait été le premier homme à avoir soulevé ma jupe. Comment aurais-je eu la force d'opposer de la résistance à un tel regard ?

Avait-il ensuite, au bout de quelques années, souffert d'ennui ? Étais-je trop absente, la tête plongée dans mes romans ? L'agacement que me procurait cette affection qu'entretenait mon mari avec notre fille avait-il été perceptible au point de devenir insupportable ? Avais-je été une si mauvaise mère qu'Archie en avait éprouvé une véritable antipathie à mon égard ?

La réalité s'imposait. Je ne pouvais oublier ces longs trimestres pendant lesquels j'avais attendu la fin de sa liaison. Et aussi ce jour de printemps, deux ans déjà, où Archie avait nié l'évidence de ses amours avec la poularde, réfutant tout ce que j'avais découvert : « Agatha, Mrs Neele est fragile, elle est dans le malheur et je m'occupe d'elle en tout bien tout honneur, cessez de croire qu'il s'agit d'une liaison au sens commun du terme, c'est juste une relation affective forte, comme un père avec sa nièce, vous voyez ? »

Oh oui que j'avais vu !

Puis il avait lancé, l'air d'un agneau perdu :
« Savez-vous, ma chère, que certains hommes ne
peuvent s'empêcher d'aller voir ailleurs, il faut leur
pardonner, ce sont des victimes en fait, leur chair
exige d'eux des choses inconvenantes dont ils préfére-
raient s'abstenir. Beaucoup de couples tiennent de la
sorte leur bel attelage. L'épouse est exemplaire, elle
ne dit rien, comprend son mari dans ses difficultés et
l'aide à traverser sa crise, ainsi le couple résistant à la
tempête se scelle davantage. »

Ce que j'avais traduit au grand dam de mon mari
par : « Voulez-vous dire, mon cher, que pendant que
Mr Archibald Christie batifole, Mrs Agatha Christie
doit souffrir en silence ? »

Et voilà, trois ans plus tard, il assumait son choix,
exigeait le divorce.

Je fermai les yeux, jamais je ne m'étais sentie aussi
seule. « Mes calmants… me dis-je, il doit y avoir une
quarantaine de cachets dans le tube. Mourir ainsi ?
Il faudrait calculer, additionner les milligrammes,
faire une règle en fonction de ton poids. 2 mg par
pilule, ça devrait suffire, non ? »

Un bruit derrière la porte me fit lever. Le petit
déjeuner… J'attendis de n'entendre aucun bruit de
pas avant d'ouvrir, me baissai, récupérai le plateau et
aussi les journaux.

Je posai le tout sur le lit, me recouchai et, tasse de
thé dans une main, *Daily* dans l'autre, je lus :

Le corps de la romancière n'a pas été retrouvé dans
l'étang de Silent Pool. Mais la police reste prudente et

continue ses recherches. La boue qui tapisse le fond du plan d'eau serait épaisse de plus d'un mètre. La célèbre romancière pourrait s'y être noyée. Mais d'autres pistes sont désormais étudiées. Mrs Agatha Christie pourrait avoir été assassinée. Son époux, le Colonel Archibald Christie sera interrogé une nouvelle fois dans la journée car des rumeurs affirment que Mrs Christie se serait violemment disputée avec son mari, Mr Archibald Christie, le soir de sa disparition.

C'était affreux. Les détails de ma disparition étaient donnés en pâture. Désormais toute l'Angleterre, ma famille, mes amis, le golf, le club de mon mari, me pensait morte. « Quand Archie me retrouvera vivante, je serai couverte de ridicule ! »

Je me jetai sur le second journal. Trois portraits de moi étaient à la une. Archie avait dû confier à la police combien j'aimais me déguiser. Car une même photo de moi avait été trafiquée proposant aux lecteurs les différents visages que je pouvais désormais avoir. Sur la première, on me voyait telle que j'étais à la sortie de mon dernier livre ; sur la seconde, on avait ajouté à ma photo une paire de lunettes, mais je ne ressemblais pas pour autant à l'intellectuelle aigre en laquelle Nan m'avait transformée ; sur la troisième, chapeau cloche bien enfoncé sur le crâne, on ne voyait que ma mâchoire et mon menton.

Ce fut alors comme un coup de tonnerre dans ma tête. « L'Inspecteur Callaway, ciel, il allait me reconnaître quand il verrait le journal ! » Je fus prise d'un vertige, j'étais si semblable à Maman, vivant mes émotions dans ma chair. Quatre fois, devant une affreuse nouvelle, ma mère s'était effondrée inconsciente sur le sol. « Perte de connaissance due au choc, avait commenté le médecin dépêché. Je ne peux pas faire grand-chose à part recommander à Mrs Miller beaucoup de repos. »

« Callaway… Il aurait tout le loisir de disséquer mes traits, me répétais-je terrorisée, il n'aura aucun doute : Agatha Christie séjourne en bottes d'homme à Harrogate ! »

Comment n'y avais-je pas pensé plus tôt ?

« Tu es un auteur de roman policier, un auteur à succès, me repris-je, personne ne sait mieux que toi tricoter une intrigue, à toi de jouer face à cet Inspecteur s'il t'interroge. »

Ciel, si j'avais pu consulter un médium, connaître mon avenir…

À l'aube, l'Inspecteur chef Kenward débarqua à Styles.
*Un domestique réveilla mon mari : « On vous
demande, Mr Christie, la police encore… »*

L'INSPECTEUR CHEF KENWARD : Les quinze mille hommes qui ont battu la campagne n'ont rien trouvé. J'en déduis que votre épouse ne s'est ni noyée, ni n'est morte dans la campagne, je suis tenté de rejoindre la thèse de certains journalistes. N'aurait-elle pas mis sa disparition en scène pour se faire de la publicité ?

ARCHIE : Se faire de la publicité… Expliquez-vous.

L'INSPECTEUR CHEF KENWARD : On ne parle plus que d'elle. Sa disparition a fait de Mrs Christie une femme encore plus célèbre, pourquoi n'aurait-elle pas prémédité tout cela, après tout elle est la reine de ce genre de mise en scène, n'est-ce pas ?

ARCHIE : Mise en scène ?

L'INSPECTEUR CHEF KENWARD : Ne suis-je pas clair ?

ARCHIE : Non, ce n'est pas cela, elle ne cherche pas la réclame, c'est tout juste si elle sait combien elle est connue. Elle a voulu se suicider et elle a renoncé au dernier moment, elle est bien trop peureuse.

L'INSPECTEUR CHEF KENWARD : Hypothèse !

ARCHIE : C'est ce dont je suis certain.

L'INSPECTEUR CHEF KENWARD : Vous voulez me faire croire que votre épouse est vivante.

ARCHIE : Elle l'est ! Ou alors…

L'INSPECTEUR CHEF KENWARD : Ou alors ?

ARCHIE : Elle a peut-être été kidnappée…

L'INSPECTEUR CHEF KENWARD : Aucune demande de rançon n'a été formulée.

9 décembre 1926

Une sirène hurlait dans l'hôtel, dans les chambres, dans le couloir, c'était la débandade. Les portes claquaient. Dans l'escalier, l'on criait, l'on courait : « Au feu ! Au feu ! Sortez tous de là ! »

Je ne bougeai pas, tétanisée, non pas par l'idée de l'incendie, mais par le plan qui se déployait dans mon esprit : « Voilà de quoi mourir rapidement et sans effort, Agatha, saisis ta chance, l'occasion est trop belle. »

Plus aucun bruit, l'hôtel paraissait ne plus être qu'un paquebot vide. Les flammes étaient-elles déjà derrière ma porte ? « Tu ne sentiras rien, Agatha, tu le sais bien, tu n'auras pas le temps de souffrir, pas le temps d'être brûlée, la fumée va t'endormir. Absent pour sauver son épouse, le chevalier servant qu'Archie croit être en prendra pour son grade. »

Je me tournai, m'allongeai sur le dos, je croisai les doigts, priai et attendis. Puis je me redressai pour me recoiffer. Et me recouchai. Si l'on me retrouvait intacte, juste asphyxiée, je ne serais pas trop laide.

Au loin, un cri. « Un premier mort », me dis-je et je réfrénai ma brusque et violente envie de bondir hors de mon lit et de cette chambre mortifère derrière moi. Vite courir dans les escaliers, braver l'incendie et fuir. « Non, tu restes là, Agatha ! » ordonnai-je à voix haute et je me raidis, me donnant l'impression de mieux m'aplatir sur le lit.

Pour supporter ce qui allait arriver à mon corps, recouvrir une douleur par une autre douleur, je convoquai une dernière fois des images insupportables. Images de ces baisers dont Archie couvrait les épaules de sa garce, son torse contre sa poitrine de marsouin. Et d'autres scènes encore dont la pudeur m'empêche de parler ici, mais qui, précises, me rendirent encore plus impatiente de voir ma chambre gagnée par le feu. À côté de cette exhibition, la mort était fadaise.

Une toux d'homme à quelques chambres de moi. Plus haut dans les étages des pleurs de nourrisson… Il y avait donc encore des gens dans l'hôtel ? Des personnes n'ayant pas réussi à fuir. Comme moi, ils allaient périr dans les flammes…

Je patientai.

Un quart d'heure. Une demi-heure et pas le rougeoiement d'une flamme, pas la moindre fumée. Je me dirigeai vers la grande fenêtre. J'écartai les rideaux. Sur l'immense pelouse recouverte de neige, un petit groupe de clients était réuni dont certains en peignoir. Personne ne bougeait. Je regardai un moment. Où se situaient les flammes ? J'entendis alors un cri, tout le monde se retourna : un camion de pompier arrivait.

Mais à peine sortis du camion, les hommes casqués revinrent vers leur véhicule, s'y engouffrèrent et firent demi-tour.

Dans le jardin, une voix clama : « Messieurs et mesdames, vous pouvez rentrer dans vos appartements, fausse alerte ! »

Je filai vers la porte de ma chambre, l'entrouvris pour écouter. Ce furent tout d'abord des ronchonnements et des agacements qui vinrent à mes oreilles : « Cet hôtel est mal tenu, c'est la troisième fois en quatre séjours de cure » ; « Tout de même, nous faire sortir par moins vingt à toute vitesse et en peignoir sans qu'on ait le temps de s'habiller pour une fausse alerte, c'est criminel. »

Dans le couloir, un homme interrogeait une femme de chambre :

— Que s'est-il passé, mademoiselle ?

— Un fer à repasser a enflammé une robe, la lingère affolée a hurlé « au feu ! » alors le concierge a déclenché la sirène d'incendie, monsieur.

Était-ce le fait d'avoir été happée par autre chose que par ma propre histoire, je ne rejoignis pas mon lit. Non, je n'y passerais pas l'essentiel de ma journée. La terreur de mourir dans les flammes, peur domptée certes, mais peur tout de même, avait fait surgir de ma carcasse un malin petit Diable à ressort. L'instinct de survie, peut-être. « Ah mais tu n'es pas encore enterrée, Agatha Christie ! »

Soudain dégoûtée par la vision du breakfast qui traînait sur le sol, son œuf mollet racorni échoué contre un toast rassis, je fus prise par une irrésistible envie de quitter ma chambre, de bouger.

Je fonçai dans la salle de bains et approchai mon visage du miroir. J'avais perdu du poids. Sous mes yeux, de minuscules lacs brunâtres étaient apparus. Et cette blessure sur le front. Certes, elle était de petite taille… mais elle était tout de même intrigante et l'Inspecteur Callaway ne s'était pas privé d'y faire allusion.

« Je vais arranger cela, un peu de poudre, de rouge… et voilà, c'est déjà mieux… — Vous étiez convenues avec Nan que tu ne sortirais pas de ta chambre. — Eh bien, je ne suis plus d'accord avec Nan sur ce point, ce n'est pas elle qui passe son temps ici dans son lit à sombrer. Oh Nan ! Mais c'est aujourd'hui que je dois lui téléphoner… Rodney est absent… Tous ces journaux… Ça doit la terroriser même si elle me sait à l'abri. — Ne risque-t-on pas de te reconnaître ? — Peu probable avec cette frange et ces lunettes, ce n'est plus toi… »

Je me débarbouillai et arrangeai ma nouvelle coiffure. Les lunettes prêtées par Nan me convenaient. C'était étrange, elles semblaient même améliorer ma vue. Tout autour de moi était plus net. Avais-je des problèmes de vision dont je ne m'étais jamais aperçue ?

Quelle robe porter ? Je saisis la plus belle. Rouge avec un fin rappel de bleu à la lisière du cou. Je la resserrai à la taille, la vendeuse de chez *Harrods* avait conseillé une fine ceinture marine, et me couvrit du chapeau cloche coordonné sur le côté duquel était fixée une petite plume elle aussi couleur océan. Je m'habillai, contemplai mon reflet, c'était tout à fait réussi, j'étais inidentifiable.

Je quittai ma chambre et descendis la trentaine de marches me séparant du hall d'entrée.

— Je souhaiterais ce numéro à Londres, demandai-je au réceptionniste en lui dictant le numéro de Nan.

— *Of course, of course,* Mrs Neele.

Il s'éloigna de quelques centimètres et m'indiqua l'endroit où était fixé le téléphone. Je le saisis aussitôt, posai l'écouteur sur mon oreille.

— Allô, Nan, c'est moi, Agatha.

— Agatha, enfin ! Dieu soit loué, vous avez une bonne voix, savez-vous que l'on ne parle que de vous dans tous les journaux, c'est affreux, Archibald fait mener une enquête, un gitan a retrouvé votre voiture près de l'étang et votre sac, j'ai si peur, si peur qu'il vous arrive quelque chose, Archibald m'a fait interroger, j'ai juré que je ne savais rien, Mrs Lorrimer a parlé à tout le monde, Londres est au courant et...

J'ouvris la bouche, prononçai : « Oh Nan... », mais mon amie était telle une roue jetée du haut d'une falaise, rapide, impossible à stopper. Elle n'était plus que cascade de mots.

Elle résuma tout ce qu'elle avait entendu au sujet de ma disparition. L'étang avait été sondé, la campagne battue par des milliers d'hommes. « Vous rendez-vous compte, une vraie population ! » Un journal avait promis une récompense à qui saurait me retrouver. Nancy Neele ne se montrait plus à Sunningdale, tout le monde parlait d'elle et la traînait dans la boue. « Des messieurs du Club et quelques-uns de vos domestiques ont témoigné de la relation de votre mari avec Miss Neele ; votre sœur a confirmé que Mrs Miller, votre mère, avait fait de vous l'héritière de la propriété familiale, Archibald est soupçonné de meurtre par intérêt… »

Je l'écoutai quelques bonnes dizaines de minutes, puis, lasse de la voir me répéter les mêmes choses, je l'interrompis avec fermeté.

— Stop, Nan, stop, j'ai compris. Demandez-moi au moins comment je vais, si tout s'est passé comme nous l'avions planifié.

— Pardonnez-moi, ma chère, je suis si remuée… Cela dépasse ce que nous avions imaginé, des journalistes campent devant *Styles*, en attente d'informations. Rodney m'a dit qu'Archibald ne pouvait plus sortir… Il est vrai, j'aurais dû, c'est le plus important, comment allez-vous, Agatha ?

— Ça n'a pas été du tout, et depuis tout à l'heure, je ne sais pourquoi, je vais mieux.

— Surtout ne quittez pas votre chambre, Agatha, surtout. Il y a même des affiches, elles ont été apposées sur les murs de...

Je répondis : « Oui, je ne sors pas, mais pour vous joindre, j'ai tout de même été obligée de descendre à la réception, être confinée aggrave mon état... »

Un grésillement, une sonnerie, la ligne était coupée. « Allô, allô, Nan, m'entendez-vous, allô ! Allô ! » insistai-je, mais aucune réponse.

Je me précipitai vers la réception.

— L'appel a été coupé.

— C'est hélas souvent le cas, nous n'y pouvons rien, je suis désolée, Mrs Neele, soupira le concierge.

Il se racla la gorge et reprit.

— Où Mrs Neele veut-elle dîner ce soir ? Le dîner va être servi, il n'y a pas encore trop de monde aux tables bien placées...

Son large geste m'indiqua la grande salle aux plafonds de stuc blanc sculptés telle une crème épaisse. Remonter au premier étage risquait de me faire remarquer. Je devais bien être la seule ici à ne jamais sortir ni en ville ni à aux Turkish Baths ou Royal Baths. Sortir de ma chambre me ferait du bien.

L'immense salle à manger n'était pas le cocon que j'avais rencontré dans d'autres palaces. Elle était si vaste, si haute et si peu décorée que je m'y sentis tout de suite un peu perdue. En son centre résidaient les consoles où paniers de pain, chauffe-plats et bouteilles d'eau attendaient leur service. Les tables des clients, dispersées tout autour, témoignaient d'un souci de géométrie exemplaire. Certaines étaient déjà occupées par des couples âgés d'au moins cinq décennies. Ces dames étaient en robes du soir, ces messieurs en costumes chics, gilets en soie ou satin, cravate unie et chaîne de montre à gousset en argent. La mode, à Harrogate, était la même qu'à Londres.

Quelques secondes à regarder ce nouvel univers et un maître d'hôtel vint vers moi. Je serrai mes pieds l'un contre l'autre. Les bottes de Rodney… je devais absolument aller en ville acheter une paire de bottines. « Demain », me promis-je.

L'homme me fixa quelques longues secondes en cillant des yeux. De peur qu'il ne me prenne pour Agatha Christie, je justifiai : « Je viens d'Afrique du Sud, j'ai besoin de calme, je serai mieux à l'écart, ah ce décalage horaire. »

Si dans un premier temps, il m'avait reconnue, il était forcément revenu sur son impression, me persuadai-je.

« Mrs Neele, nous sommes heureux de vous accueillir ici », scanda-t-il et il m'abandonna à un serveur aux joues parsemées de taches de rousseur.

— Souhaitez-vous une table particulière ? demanda celui-ci

— Au fond, ce sera parfait.

La recommandation de Nan résonnait dans ma tête : « Surtout, ne quittez pas votre chambre, Agatha, vous êtes dans tous les journaux. » J'avais enfreint la règle et cela ne me dérangeait pas.

Je consultai un moment le menu. Serviette sur l'avant-bras, talons joints, visage impassible, le serveur attendait ma demande. J'étais indécise. Les suggestions toutes plus alléchantes les unes que les autres me faisaient hésiter. Enfin, je lançai : Un *beef stew* et sa garniture, s'il vous plaît.

Non loin de moi, je ne l'avais pas vue arriver, s'installait une autre femme non accompagnée. « Une âme en peine comme moi ou une aventurière de l'amour telle Nancy Neele ? » me dis-je.

Je la regardai s'asseoir, cette manière de se tenir, port de tête impeccable, buste haut, épaules accrochées bien en arrière, mais aussi la délicatesse de ses mains et la façon qu'elle avait de les poser à peine sur le menu faisaient part de sa belle éducation. Sentit-elle que je la fixais ? Elle tourna la tête vers moi et son adorable visage de poupée se fendit d'un sourire. D'un léger mouvement du menton, elle me salua. Je fis de même en retour.

Ainsi dînâmes-nous presque côte à côte, à cinq mètres de distance à peine. Toutes les dix ou quinze minutes, nous échangions de minuscules sourires et je dois dire que cette forme silencieuse de conversation fut pour moi le prologue d'un nouveau chapitre de mon séjour à Harrogate.

Car je revis cette inconnue après le dîner. Elle était assise dans l'un des salons du *Swan Hydropatic* au moment où j'allais rejoindre ma chambre.

Un verre à la main, elle me salua une nouvelle fois et me fit un petit signe. Ne résistant pas à la tentation de parler à une esseulée, je l'approchai. Un billard trônait au centre de la pièce.

Peu timide, cette dame me tendit la main.

— Mrs Scudamore, *nice to meet you.*

— Mrs Neele, *nice to meet you.*

— Mrs Neele, voulez-vous partager un thé, un verre de whisky ou un digestif en ma compagnie, nous sommes si seules nous autres curistes, n'est-ce pas ?

— Volontiers, Mrs Scudamore.

— Joan Scudamore.

— Teresa Neele, lançai-je, n'osant user du prénom de Nancy car il risquait d'apparaître un jour ou l'autre dans les colonnes d'un quotidien.

Mes pieds, je ne pensais plus qu'à eux, je priais : « pourvu qu'elle ne baisse pas le regard. »

Je m'assis à la table de ma nouvelle relation et dissimulai mes pieds sous la chaise.

Nous commandâmes un *blended rye.* Puis un second et un troisième. Cela faisait des années que je n'avais pas autant bu. Je me sentais bien, sereine en compagnie de cette dame. Et elle semblait avoir le même plaisir à partager cette soirée. La cheminée, en face des Chesterfield sur lesquels nous étions assises, offrait une belle flambée dorée. Nous parlâmes de tout et rien, ces conversations de salon qui permettent de faire connaissance sans rien livrer de soi. Les banalités ont parfois du bon, elles vous remettent en selle. Puis Mrs Scudamore se découvrit un peu plus.

— Je vis à Londres, mon époux est archéologue, me confia enfin cette dame. Mon mari est pour trois mois en Égypte pour des fouilles. Je viens chaque année à Harrogate faire une cure d'amaigrissement. J'y viens lors de ses séjours à Louxor. Les soins prodigués aux Royal Baths sont excellents.

Polie, elle fit une pause et, sans m'interroger, attendit que je parle.

— Je suis effectivement là pour les Royal Baths, livrai-je après quelques secondes, je ne m'y suis pas encore rendue, je suis un peu intimidée et ne connais pas la façon de faire. Je dois vous avouer que c'est aussi ma première cure.

Mrs Scudamore se fit soudain plus curieuse :

— Teresa, votre époux est sans doute resté dans vos appartements.

Prête à fuir, je lançai :

— Mon époux est décédé.

— Oh, je suis désolée, Ciel, que je suis maladroite.

— Il faut bien que je m'y fasse et ose le dire, soufflai-je en baissant la tête.

Je visai le cadran de ma montre, Mrs Scudamore la scruta aussitôt.

— Une marque française, dis-je, un cadeau de feu mon époux.

— Ce doit être un baume au cœur. Les hommes sont des êtres fabuleux. Il n'y a pas plus loyal qu'un mari.

— Ils sont fragiles, ajoutai-je.

— Oh combien fragiles sous leur carapace et ils...
Elle s'interrompit, pudique. Enfin elle ajouta :

— Ils sont comme ils sont... et nous les aimons,
c'est le principal.

Sa voix s'enroua comme sous le coup d'une forte
émotion. Joan enchaîna :

— J'ai appris avec eux, je veux dire mon mari et
mes frères, le billard, savez-vous y jouer, Mrs Neele ?
Aimez-vous le billard ? De plus en plus de femmes
s'y adonnent.

— Je n'y joue pas très bien, mais j'apprécie.

Une forte toux nous fit nous retourner. Joan Scudamore sourit : « Ah les hommes, ils sont toujours
plus souffrants que nous, n'avez-vous pas remarqué ?
Sous leur apparence de combattants, ce sont des
enfants et nous les aimons pour cela. »

Je ne répondis pas car un frisson courait le long
de ma colonne vertébrale, un vent glacial intime et
fort désagréable : se dressait à quelques mètres du
salon, dans l'immense couloir situé entre la réception
et les escaliers, l'Inspecteur Callaway sans son chien.

— Cela va-t-il, Mrs Neele ? demanda
Mrs Scudamore.

— Oui, j'ai des trous de mémoire terribles en ce
moment... Je dois m'épargner, chuchotai-je.

Quelle bonne idée je venais d'avoir, ces amnésies
allaient m'être utiles...

— La cure va vous remettre en forme, dit
Mrs Scudamore. Avez-vous pris rendez-vous ?

Je secouai la tête.

— Pas encore, je suis si fatiguée.

— Permettez-moi au vu de votre problème de prendre ce rendez-vous à votre place ? Ce serait fort sympathique si nous nous rendions aux thermes ensemble.

— Avec plaisir, Mrs Scudamore.

Je ramenai ma frange sur mon front pour observer l'Inspecteur Callaway. Que faisait-il ici ? Enquêtait-il sur la disparition d'Agatha Christie ?

Je le vis avancer vers la rampe d'escalier. Une superbe et fine silhouette vint à sa rencontre. Il lui baisa la main. Ses cils paraissaient trembler d'émotion. Je l'entendis s'excuser.

— Pardonnez-moi, mon amie, je suis victime d'une vilaine grippe.

— Le tout est que vous soyez là, mon cœur.

— Vous êtes adorable, mon cher ange.

Le soulagement inonda mon corps mieux que ne l'aurait fait n'importe quelle cure.

Tout était pour le mieux.

L'Inspecteur Callaway voguait bien loin de l'« affaire Agatha Christie ».

Quant à ma nouvelle amie, elle était adorable, discrète et peu soucieuse de l'actualité. Je me sentis plus vivante tout à coup, comme cela avait été avec Nan quelques jours auparavant. Le constat s'imposa : enfermée dans ma chambre, je dépérissais. En bonne compagnie, j'oubliais une partie de mes maux.

Mais tout de même, que n'aurais-je donné pour retrouver l'amour de mon mari, pour que notre vie conjugale reprenne et s'épanouisse sur de belles bases, Archie me regarderait alors avec cette émotion ressentie par Callaway quand il vit apparaître cette jolie jeune dame.

Au fond du parc, le souffle court,
Archie tenait la main de sa maîtresse.

ARCHIE : Mais mon épouse ne peut pas être morte, Nancy, enfin ! On ne pense pas à son manteau au moment de se suicider !

NANCY NEELE : Sans doute n'a-t-elle pas voulu abîmer cette fourrure, elle était à sa mère m'avez-vous dit, mon chéri…

ARCHIE : La présence de ce manteau ne prouve en rien son décès, Nancy ! Je vous dis qu'elle est vivante !

NANCY NEELE : Mais si elle est en vie, et si vous ne la retrouvez pas Archie… Mon Dieu… C'est affreux.

ARCHIE : Oui, c'est atroce, je crains qu'elle ne soit blessée, je ne sais où…

NANCY NEELE : Vous ne pourrez jamais divorcer si vous ne la retrouvez pas morte ou vivante. Je vais tomber malade s'il nous est impossible de nous aimer au grand jour.

ARCHIE : Nancy, ça suffit les jérémiades ! Le souci est ma femme pour l'heure ! Vous ne voyez donc pas

à quel point je suis inquiet ! On dirait que vous souhaitez sa mort ! C'est un comble !

NANCY NEELE : Venez contre moi, mon chéri.

ARCHIE : Je réfléchis.

NANCY NEELE : On ne réfléchit pas lorsque la
femme que l'on aime vous demande de la prendre
dans ses bras. Ne vous éloignez pas de moi, même si
votre épouse vous fait vivre un enfer.

ARCHIE : Vous avez raison, ma chérie, nous
devons être solides à deux, vous et moi, face à ce
tremblement de terre. Mais enlevez vos mains de ma
ceinture, ce n'est pas le moment, Nancy, je ne suis
pas dans cet esprit.

NANCY NEELE : Je vais vous faire revenir à
l'amour, laissez-moi faire, mon chéri.

ARCHIE : Nancy, non, pas maintenant.

NANCY NEELE : Exactement ce que souhaiterait
votre femme ! Vous voyez, morte ou vivante, c'est
elle le maître du jeu ! C'est navrant…

10 décembre 1926

Quinze mille civils se sont rassemblés autour de l'étang de Silent Pool et dans toute la région de New-land Corner. Une dizaine d'hectares de terre ont été fouillés sans trace de Mrs Agatha Christie. Mrs Christie est-elle morte ? A-t-elle été kidnappée ? À cette heure tout le monde l'ignore. Aucun autre indice que son poudrier n'a été trouvé dans la cabane où elle s'est réfugiée avant de disparaître.

Dans les journaux, ce matin-là, les articles prenaient de plus en plus de place. J'étais devenue la principale actualité du pays. Dans le *Daily News*, un Inspecteur nommé Kenward déclarait : « Je vais peut-être procéder à des recherches en aéroplane. » Dans le *Harrogate News*, un journaliste notait que, faute de demande de rançon, la piste du kidnapping avait été abandonnée. Tout cela était à la fois affolant et déconcertant.

Adossée au vaste fauteuil de velours dont j'avais fait mon fidèle ami, je pris mon breakfast devant la grande fenêtre de la chambre. La neige était tombée plus dru cette nuit. Le panorama était magnifique. Une véritable carte de Noël. « La vie doit être un perfectionnement continuel, songeai-je, une ascension de notre état à un stade plus élevé. Notre Seigneur lui-même n'a pas été à l'abri des souffrances de notre vie mortelle. Le calvaire qu'il a subi à Gethsémani, je devrai aussi le gravir. »

Plus tard, dans la soirée, je notai cette pensée dans mon petit carnet. Je l'utiliserais dans un dialogue. L'histoire pourrait être celle d'une femme esseulée, partie je ne sais où, en Afrique du Nord par exemple, une dame subissant une affreuse remise en question. Son mari est-il heureux avec elle ? Et ses enfants, pourquoi ont-ils quitté la maison ? Ce serait *Loin de vous ce printemps.*

Je relevai le nez, que faisait Archie à cette heure ? Il devait être levé depuis longtemps. Réussissait-il à dormir face à l'horreur que je lui faisais vivre. « Lui qui voulait vivre sa liaison en toute discrétion, le voilà exposé aux vents et aux tempêtes ! Ah ma vengeance ne s'arrêtera pas là... »

De nature, je suis discrète, la situation, me dépassant, était terriblement inconfortable. Aurais-je osé pareille disparition si ma mère avait été encore de ce monde ? Certes, non. « Un couple victorien à histoires », voilà comment elle nous aurait qualifiés !

J'ouvris la fenêtre. L'air froid s'engouffra dans la pièce et mit fin à mes réflexions.

« Agatha doit maintenant se remuer. Il lui faut acheter des chaussures et tester les Royal Baths. »

Voilà que maintenant je parlais de moi à la troisième personne !

« Allez, debout, tu recommences à dérailler, tu as lu trop de choses ces derniers temps sur les travaux de Freud, ça suffit, habille-toi et file en ville acheter des chaussures, c'est moins intellectuel, plus basique, certes, mais plus utile que de rester des heures à geindre sur ton sort. — Tu as amplement raison, Agatha. Ressaisis-toi ! »

Ah, l'esprit humain, ce cheval fou. Un solide dressage est le socle d'un fonctionnement saint.

Telle une fillette ayant obtenu une bonne note, je me félicitai : « Bravo ! C'est que tu commences à te retaper, Agatha » et sursautai de cette pensée surgie d'on ne sait où : « Il faudrait maintenant que tu réussisses à oublier ton mari. Il ne vaut rien, il faut te séparer de lui. »

Je posai ma main sur le dossier du fauteuil comme si je craignais m'évanouir, c'était la première fois qu'une telle pensée m'effleurait, que dis-je, me bousculait !

Me changer les idées m'éloignait-il d'Archie ? Ou était-ce une illusion ?

Robe, bas, gilet, manteau, zibeline, chapeau, manchon, je fus vite prête. Je me regardai dans le miroir, il est vrai qu'avec cette frange et ces lunettes, j'étais moins avenante que Joan Scudamore.

Je fermai ma porte d'un double tour de clé et descendis au rez-de-chaussée en priant : « Personne ne doit remarquer les bottes de Rodney. » Je croisai le réceptionniste, répondis à son « Mrs Neele souhaite-t-elle un taxi ? » par « Non merci, mon brave », et je quittai l'hôtel.

Sur la gauche, l'Inspecteur Callaway venait à pas rapides. Sans doute avait-il rendez-vous avec sa belle amie.

Harrogate aimanta mon regard. Ces angles de rues arrondis à la perfection, c'était sublime. J'ai toujours adoré ce style victorien éclectique fait d'un savant mélange de briques roses et de pierres de taille grises et même parfois argentées ou dorées pourvu qu'un rayon de soleil les caresse. Je m'attardai à admirer la façade d'un hôtel particulier de style Queen Anne, puis un ensemble d'immeubles où néo-classique, néo-gothique et même néo-grec se mariaient sur sa façade transportant l'œil instruit vers de multiples passés.

Enfin, je longeai une rue qui avait un air de Venise en hiver. Les maisons de couleurs vives avaient de toute évidence été inspirées par la Renaissance italienne. « Je comprends pourquoi les James ont aimé cette ville, ils sont l'un et l'autre passionnés par l'architecture, cette ville est irrésistible de ce point de vue », songeai-je.

Boulangerie, épicerie, boucherie, droguerie, et aussi boutiques de vêtements, les magasins ne manquaient pas, jamais Nan et moi n'aurions imaginé trouver toutes ces choses ici.

Comme me l'avait recommandé George, je pris vers la droite et enfin stoppai, essoufflée, mon allure : un marchand de souliers ! Relevant le menton, je pénétrai dans la boutique.

L'odeur de cire me rappela mon enfance, ces heures où la gouvernante lustrait nos bottes en nous racontant *English Fairy Tales*, premier d'une longue série de contes de fées, ou ces instants où ma sœur, Madge, précipitait ses mots et faisait des grimaces terribles en inventant des histoires rien que pour moi.

Nulle trace de vendeuse. « Y a-t-il quelqu'un ? » demandai-je.

Point de réponse. Juste le bruit de ma respiration. La dame devait être occupée dans la réserve à faire son bilan de fin d'année. Je fis le tour des présentoirs. De nombreuses paires de chaussures rivalisaient de leur cuir brillant. J'en soulevai quelques-unes, « peu importe le modèle, il me faut du 38 ».

36, 37, 40, 39, à nouveau 36, et 37, 37, 37.

« La plupart des gens chaussent du 38 dans cette ville ! Tous les modèles de cette taille ont été achetés ? »

Je soulevai une dernière paire, la retournai, examinai les semelles. Gagné ! Pas étonnant, ces bottines étaient si laides que personne jamais ne les avait voulues.

Mais toujours pas de commerçante à l'horizon. Je me penchai vers l'étiquette sur laquelle était inscrit le prix de mon achat, allai vers le comptoir et déposai ce que je devais. Un morceau de papier traînait là, j'y écrivis : « Pour le modèle de taille 38, au milieu de la rangée sur le présentoir, merci » et m'assis sur une chaise adossée au mur, enlevai les bottes de Rodney et chaussai celles-ci. Contente de moi, je fixai mes pieds, enfin féminins, et comme ils étaient à l'aise !

À peine sortie du magasin, une caisse encombrée de toutes sortes de saletés se présenta. Un véritable dépotoir. De toute évidence, quelqu'un venait de nettoyer sa cave. Je fis un tour sur moi-même, personne à gauche, personne à droite, j'enfouis les chaussures du mari de Nan sous un amas de couvertures moisies.

De meilleure humeur, je traversai Harrogate dans le sens inverse et bientôt fus au *Swan Hydropatic*.

— Mrs Neele a-t-elle passé un bon début de matinée ? me lança, amène, Mr *of course of course* alors que je me dirigeais vers les escaliers.

— Très bonne, je vous remercie.

— Mrs Neele a-t-elle besoin de quelque chose ?

— Effectivement, je voulais vous demander un service, mais je ne sais plus lequel, ah ces trous de mémoire…

— Il s'agit peut-être du déjeuner ?

— Non, je ne déjeunerai pas, le petit-déjeuner était copieux. Ah, ça me revient, y a-t-il une bibliothèque à Harrogate ?

— Oui, madame, au centre-ville. Voulez-vous que j'y envoie George ou quelqu'un d'autre ?

— Non, merci, j'irai moi-même.

Revenue dans ma chambre, je m'assis devant la fenêtre comme cela m'était devenu coutumier et je consultai un journal. On y parlait encore et toujours de moi. Mais cette fois, je ne figurais plus seule en portrait, mais avec ma fille, Rosalind, exhibée ainsi. Une atteinte à ma vie privée !

Nous apprenons aujourd'hui qu'Agatha Christie aurait laissé derrière elle deux lettres, l'une à sa secrétaire, l'autre à son beau-frère, Campbell Christie. Aucune de ces deux personnes n'a pour l'instant accepté de témoigner du contenu de ces missives à la police. La police se prépare à interroger pour la seconde fois ces témoins.

J'attrapai le second :

Mrs Christie, très affectée par le décès de sa mère, était dans une grande phase de mélancolie depuis des mois, a précisé à la police son mari, le Colonel Archibald Christie. La romancière éprouvée aurait-elle pu s'enfuir pour cette raison ? Pour l'instant rien n'est avéré. Au cas où le suicide de la romancière serait confirmé, Mrs Christie, trente-six ans, laisserait derrière elle une petite fille, Rosalind Christie, née le 5 août 1919, à Torquay, unique fruit de son mariage avec le Colonel Archibald Christie, le 25 décembre 1914.

Cette fois, j'en avais assez, je déchirai les nouvelles en criant : « Tout cet étalage me dégoûte ! Nulle part n'est écrit : *Archibald Christie, son mari fou de douleur, la recherche partout !* Satané trousseur de jupons, va ! »

Pour fuir la colère, je m'attachai à la lecture des prospectus déposés sur le guéridon.

C'est en 1596 que le physicien Bright a découvert les vertus de l'eau de notre belle ville d'Harrogate. Depuis cette époque, les Royal Baths ont évolué et les méthodes de soins ont progressé. Des milliers de personnes ont réussi à combattre leurs maux grâce aux bienfaits de nos eaux. Le roi George III a été l'un des premiers à en vanter les bienfaits au-delà du pays. Des artistes viennent de toute la Grande-Bretagne pour s'adonner à nos réputées cures d'amaigrissement.

Maigrir. Ce dont je rêvais. Mais l'idée de me déshabiller, de revêtir un maillot de bain et de partager quelques poignées de minutes avec Mrs Scudamore m'affolait. Elle était si fine, si mince. À peine devait-elle peser soixante kilos. Si elle jugeait devoir perdre du poids, comment allait-elle juger mes formes généreuses ? Car certes, je suis grande, mais depuis quelques années, à l'image de toutes les femmes de la famille, mes hanches, mes jambes avaient commencé à s'épaissir. Du côté de ma mère, les femmes sont larges. Elles prennent du poids en vieillissant, un gage de vie matérielle facile certes, mais aussi un fichtre problème pour un amateur, tel mon mari, de créatures sylphides.

Archie n'avait pas manqué de me faire remarquer cet embonpoint.

— Mon épouse se sent comment dans ses nouvelles rondeurs ? Vous êtes appétissante, ma chère, mais il ne faudrait pas l'être plus.

— Appétissante ! Enfin, Archie ! Cessez de me croquer ! C'est très déplaisant, mon ami.

— De vous croquer ! Comme c'est amusant, Agatha, vous croquer comme une pomme, vos bons mots me distraient de mes soucis au bureau.

— Je voulais dire, cessez de me critiquer.

— Je ne vous critique pas, Agatha, je vous félicite, j'aime vous voir croquer des gâteaux. Je veux juste dire que mon épouse a de plus en plus de formes…

Quel goujat ! Sa voix, son ironie continuaient de me blesser, pourtant les mois avaient passé depuis cet affreux échange. Archie n'a jamais su résister à un Cohiba, comment aurait-il pu refuser les arguments d'une jeune pousse ?

« Il faut que tu perdes du poids, dis-je à haute voix, et retrouves ta silhouette de jeune fille, c'est l'occasion rêvée ! Si, un jour, Archie finit par te chercher et surtout par te retrouver, il sera fou de désir en voyant ta nouvelle silhouette ! Et toi, tu te refuseras à lui… Enfin, quelques jours… »

Dans la salle de bains, je me poudrai, passai une serviette sale sur mes nouvelles bottines et rejoignis le hall d'entrée. J'y avais rendez-vous à dix heures avec Joan Scudamore.

Un parfum capiteux effleura mes narines. Celui d'une dame à la carrure de lutteur. Je l'observai et notai quelques détails. Quel beau personnage de suspecte pour un roman policier !

Cinq minutes plus tard, ma nouvelle amie apparaissait dans l'escalier. Elle descendit les marches avec l'élégance de cette créatrice de mode française, Coco Chanel, admirable dans ses choix féministes :

— Ah vous êtes dans le hall, ma chère, je viens de frapper à votre porte, mais vous n'étiez pas là.

— Je crois avoir un rhume, je préfère renoncer à la cure.

— Soyez rassurée, ma chère, les thermes soignent les grippes, aucune toux, rhume n'y résiste, c'est miraculeux, vous verrez. C'est tout dire, je ne peux plus m'en passer. Je ne suis plus malade en hiver, je suis optimiste et j'aborde désormais avec sérénité mes œuvres de charité.

— Faut-il se déshabiller entièrement ? osai-je.

— Oh, vous n'y êtes pas, nous sommes en tenue de bain et recouverte du peignoir de l'établissement.

— Je n'ai pas de tenue de bain.

— Rien de grave, cela m'est arrivé, une nurse m'a prêté un maillot pour toute la durée de la cure. Et le plus surprenant, Teresa, est que l'on m'en a fait cadeau le dernier jour de ma cure. Il est brodé du blason des thermes. Allons-y !

Nous sortîmes du *Swan Hydropatic Hotel*. Soudain, la voix de Joan se fit plus claire.

— Je bois de l'eau de ces sources vingt fois par jour en ce moment et je demande à l'hôtel de m'en faire livrer à Londres chaque mois vingt-quatre bouteilles, ainsi je me sens plus en forme et aussi plus joyeuse. Dommage que vous ne puissiez vous faire livrer en Afrique du Sud.

— Dommage, en effet, Joan.

— Êtes-vous tout de même heureuse en Afrique du Sud ? s'inquiéta-t-elle.

— Je suis assez seule, Mr Neele et moi n'avons pas pu avoir d'enfant.

— Quel drame ! Où trouvez-vous la ressource de vivre, mon amie ?

— Mes chiens sont mon bienfait quotidien, nos promenades, Joan, ainsi que la chasse au lion.

— Vous chassez le lion ? Ciel !

— En Afrique du Sud, toutes les femmes s'adonnent à la chasse aux fauves.

Mais qu'étais-je en train d'inventer ? Le goût de la fiction ne me quitterait donc jamais ? Ma mère disait souvent : « Agatha, reviens sur terre, tu passes ton temps à t'inventer un monde qui n'existe pas ou si peu. »

Devant nous, à pas lents, allait une jeune personne. Je fixai sa silhouette. Cette fluidité dans l'allure, cette minceur, encore une sylphide cousine de Nancy Neele. Ah, il n'était pas fou, mon époux !

Enfin les thermes. Un petit escalier à larges marches menait à la porte de l'établissement thermal.

La première chose qui me frappa fut la chaleur et la moiteur des lieux. En plein hiver, ce n'était pas désagréable. Je dégustai du regard ce monde inconnu. La mosaïque apposée sur les murs des thermes me fit penser à ces tableaux orientalistes que j'avais admirés dans une revue d'art.

— Mrs Scudamore, je suis là ! entendit-on alors et Joan se retourna, souriante.

— Leslie, quelle belle journée n'est-ce pas, nous sommes repassés à moins dix, enfin ! Ces derniers jours à moins vingt ont été affreux.

— Affreux, Mrs Scudamore.

— Leslie, je vous présente Mrs Neele.

L'hôtesse esquissa une petite révérence. Je réfrénai un rire, tout de même je n'étais pas la Reine !

— Je suis enchantée de vous accueillir aux Royal Baths, Mrs Neele. Le personnel est à votre service ainsi que tous nos soins.

— Pouvons-nous commencer par les bains chauds, interrogea Joan. Et auriez-vous une tenue pour mon amie ?

— Avec plaisir. Je vous en apporte une tout de suite.

La jeune fille s'éloigna. Je la vis fouiller dans un placard. Revenue aussi vite, elle me tendit une tenue de bain et nous donna deux immenses draps en éponge.

— Mrs Scudamore, Mrs Neele, c'est par là.

L'immense voûte de verre sous laquelle nous nous retrouvâmes était aussi inattendue que sublime. Elle recouvrait tel un lac vu à l'envers, la piscine où barbotait un petit groupe de dames. Joan salua ces ladies. Elles firent de même, d'un simple mouvement de tête. Cet endroit sentait bon la discrétion et le calme. Déjà un fort sentiment de détente me gagnait. Était-ce les effluves de soufre qui m'alanguissaient avant même les soins ?

Je me tournai pour enlever ma serviette et pénétrai vite dans la piscine. Ainsi, Joan ne me vit pas hors de l'eau dans mon indiscrète tenue de bain, j'en fus satisfaite. En revanche, je surpris sa silhouette et en fus consternée. Son corps était la perfection absolue. « Même gabarit que Nancy Neele, voilà pourquoi Archie a perdu la tête… » songeai-je de nouveau, dépitée.

Agrippée au rebord carrelé du grand bassin, je ne dissimulai pas une dernière appréhension :

— Êtes-vous sûre, Joan, que l'on ne risque rien ? On m'a parlé de toutes sortes de problèmes de peau après une telle pratique.

— Ne vous inquiétez pas, ce lieu est le plus propre d'Angleterre. C'est pour cela que Miss Ethel Oliver[1] vient souvent ici.

— Ethel Oliver, l'actrice ?

— Elle-même !

— Ethel Oliver est venue à Harrogate, c'est extraordinaire ! Quelle fabuleuse comédienne ! m'exclamai-je.

----

1. Actrice britannique (1888-1946).

— Et puis, d'autres sommités, continua Leslie... Agatha Christie aussi est venue plusieurs fois, elle adore les bains turcs.

Je faillis m'étrangler et bredouillai en un hoquet.

— Agatha Christie ? Mais qui vous a raconté cela, Joan ?

— L'amie d'une amie curiste. Je regrette de ne pas l'avoir croisée pour lui demander une dédicace, continua Joan. J'adore ses intrigues. La lisez-vous, Mrs Neele ?

— Pas encore, non.

— Il faut, il faut, ma chère ! C'est la Erna Berger [1] du roman moderne ! Le directeur est si ravi de sa présence, dit-on, qu'il lui offre les soins.

— On ne peut tout de même pas comparer Agatha Christie à cette cantatrice à la voix exceptionnelle.

— Mais si, Teresa, Agatha Christie est une romancière de haut vol.

— Agatha Christie, invitée par la direction... murmurai-je, éberluée.

— Le directeur et son épouse ne jurent que par elle.

« Une femme se fait passer pour moi afin de ne pas régler ses soins. Petite maligne, petit bandit ! » Ciel, ce que Nan me manquait tout à coup ! Il n'y avait qu'à elle que je pourrais narrer la fantasque escroquerie.

---

1. Soprano allemande (1900-1990).

Plateau en main, Leslie revint : « Mrs Scudamore et Mrs Neele, voici un thé au jasmin froid réalisé avec trois des eaux de nos sources et du jasmin, cela accentue les côtés bénéfiques des soins d'eau, c'est très à la mode aux thermes allemands. » Et elle posa deux jolis verres colorés sur le rebord de la piscine.

Dans les vapeurs du bain, le parfum fleuri embaumait. Mais ciel ce que j'étais mal à l'aise, dans cette eau, sans lunettes, offerte aux yeux de tous.

Joan et moi, nous délections du thé froid lorsque, bonnet de bain vert sur le crâne, ce qui lui donnait un air de crapaud, une inconnue s'approcha.

— Mesdames, salua-t-elle, puis-je me permettre ?

— Je vous en prie, sourit Joan.

— Auriez-vous des informations à propos de Mrs Agatha Christie ? Je vous entendais parler d'elle... Cette affaire me fascine tant que j'en deviens indiscrète, pardonnez-moi.

— Cette affaire ? s'étonna Joan. Quelle affaire ?

— Vous n'êtes donc pas au courant, vous êtes bien les seules dans le pays. Elle a disparu. Envolée dans la nature, comme ça, d'un coup ! La police recherche son corps dans le Berkshire. C'est atroce, elle aurait été assassinée.

— Assassinée ?

— Ou elle se serait suicidée. On ne sait pas encore. Son mari la trompe avec... je ne me souviens plus... Ah si, ça y est, je me rappelle ! Avec une danseuse !

171

— Une danseuse, ne manquait plus que ça, moquai-je.

— Et puis... continua la dame... Ce n'est pas simple car en fait, Agatha Christie serait... serait...

— Serait quoi ? vrombis-je.

Ciel ce que ce batracien en maillot de bain m'énervait avec ses commérages !

— Elle serait une femme déguisée en homme. Quelqu'un l'a vue travestie ainsi, à Londres... poursuivit l'intruse.

Joan s'étouffa :

— Déguisée en homme ?

— Pur caquetage ! m'exclamai-je et je bus d'un coup sec mon thé.

Ces balivernes dépassaient l'entendement.

— Oh vous savez, on voit de tout de nos jours, avez-vous entendu parler de cette jeune fille devenue pompier à Londres il y a quelques mois ? C'est invraisemblable !

— Oui, cette information-là est vraie ! Mais pour Mrs Agatha Christie, il faut cesser de répéter n'importe quoi ! Cela fait le sel de tous ces journaux en berne qui réussissent enfin à remonter leurs chiffres !

Aussi lourd qu'un soir d'orage, le silence s'installa. Je me sentais fragilisée, déstabilisée et à la fois amusée. « Voilà Archie obligé d'affirmer à toutes et à tous que je suis bien une femme. Comme ses amis au golf doivent se moquer... Ce qu'il doit en baver ! Tant mieux ! Une partie de la mission est réussie. »

Je respirais avec difficulté dans le bain chaud. Joan souligna qu'elle aussi avait du mal à reprendre son souffle.

— Sortons de là, nous allons finir en viande bouillie, lançai-je.

— Mais quelle horreur, en viande bouillie…

— Que sommes-nous d'autre, Joan, que de la viande.

— Vous avez une conception noire de la vie, me lança Joan et elle sortit du bain.

— Leslie, dit-elle à l'adresse de la nurse, l'eau est bouillante aujourd'hui.

— Nous cuisons, ajoutai-je.

— Je suis désolée, Mrs Scudamore et Mrs Neele, je vais le signaler au directeur. Puis-je, en attendant, vous accompagner à vos autres soins ?

— Merci, Leslie, susurra Joan.

Revêtues de nos peignoirs, nous traversâmes une enfilade de petits couloirs blancs aux frises orientalistes magnifiques. Certaines salles en étaient entièrement carrelées, d'autres, blanches, me rappelaient les chambres d'hôpital où j'avais vu Maman s'éteindre.

Il y eut le bain froid où je crus défaillir tant il me produisit de crampes.

Il y eut le jet en position debout administré tuyau à la main par une matrone en forme de barrique. Elle attaqua toutes les parties de mon dos et je crus tomber plusieurs fois sur le sol tant le jet était violent.

Il y eut la salle de soufre dans laquelle je retrouvai Joan. Il s'agissait de s'y allonger et respirer profondément, avait précisé Leslie.

Il y eut cette application de boue insupportable, je dus interrompre la séance, les démangeaisons étaient intenables.

Il y eut le massage. Les mains puissantes de l'Écossaise qui me le prodigua eurent raison de moi, je m'endormis et ronflai, me murmura-t-elle plus tard.

Enfin, il y eut cette heure délicieuse passée auprès de Joan dans la salle de vapeur où, sans pudeur, ayant trop chaud, je finis par lui confier mes problèmes de poids.

— Mais vous êtes si bien faite, Teresa, je ne vois pas le problème !

— Mon mari me fait des réflexions…

— Votre mari, autrefois voulez-vous dire, quand il était encore de ce monde ?…

Elle s'interrompit et se signa.

— J'ai eu un trou de mémoire, c'est moi qui suis désolée, j'ai cru un instant mon mari était encore en vie.

— Il va falloir consulter pour ces absences, je connais un excellent médecin. Je vous y accompagnerai volontiers si cela vous dit de venir passer quelque temps à Londres ? J'habite du côté de Westminster. Mon frère est un ange, vous verrez. Elle hésita, toussota et reprit : Il a perdu son épouse il y a trois ans. C'est un bel homme sage et sérieux qui adore jouer au cricket. Aimez-vous le cricket, Teresa ?

— Non, non, m'empressai-je.

Je ne voulais surtout pas laisser Joan rêver d'une possible amourette entre son frère et moi.

— Je ne dis pas cela parce qu'il s'agit de mon frère.

— Je me doute, ma chère.

— Mais si, toutefois, vous…

— Je suis tout à coup affreusement lasse, Joan, interrompis-je.

Joan m'expliqua alors combien l'effet des eaux était usant et m'invita à quitter les lieux. Nous rejoignîmes nos cabines pour nous changer.

— Le premier jour est toujours un peu difficile. Il faut aller vous reposer Teresa.

Un petit signe et Leslie se précipita vers nous.

— Pouvons-nous nous inscrire pour demain, Leslie ? demanda Joan.

— Bien sûr, demain, à la même heure ?

— Merci, Leslie, oui.

— Mrs Neele, voulez-vous que nous gardions votre tenue de bain ou préférez-vous l'emporter ?

— Oh, bien sûr je vous la rends !

— Elle est à vous, Mrs Neele ! Un cadeau des thermes.

Joan cligna des yeux d'un air entendu. Elle rayonnait.

Une demi-heure plus tard, peignoirs enlevés, cheveux séchés, vêtements remis, nous étions revenues à

175

l'hôtel. Je dois dire que mon dos ne me faisait plus souffrir et que j'avais grand-faim.

— Je remonte dans ma chambre, Joan, j'ai quelques courriers à écrire.

— Dînerez-vous ce soir au restaurant ? Nous pourrions nous y retrouver.

— Avec grand plaisir, Joan.

Tout l'après-midi, j'écrivis. L'histoire narrée à mon amie s'attachait à mes pensées comme une fourmi à son chemin. Le premier chapitre me vint d'un trait :

Joan Scudamore plissa les yeux, afin de percer la lumière du Relais. Joan Scudamore était légèrement myope. « C'est sûrement... Non, impossible. Mais si ! Je crois bien que c'est elle : Blanche Haggard... » Invraisemblable ! En plein désert, tomber sur une amie de pension [1]*... »*

Propulser l'action dans le désert. Au printemps. Cela éviterait qu'Archie, s'il lisait un jour ce livre, comprenne ma remise en question. « Et ainsi, ni mon éditeur ni les lecteurs ayant lu les journaux cette semaine ne feront le lien entre cette histoire et le désastre de ma vie. »

J'étais telle une opiomane prisonnière dans un songe infini. La plume courait sur le papier, assoiffée d'encre. Les personnages surgissaient comme impatients, les prénoms et patronymes se télescopaient, la réalité me les offrait : Mr and Mrs James, Mrs Joan

---

1. *Loin de vous ce printemps.*

Scudamore, Mrs Lorrimer, Mrs Randolph, William, Michael Callaway, Sherston, George, Leslie, Averil et bien d'autres. Il suffisait de puiser dans la vie pour composer son écriture, de ramener les sentiments enfouis sur le rivage et de les masquer en les portant à l'esprit de personnages de fiction. Joan Scudamore était la femme perdue dans sa remise en question… Quant aux thermes, ils se transformeraient en un désert d'Afrique du Nord. Le thé, lui, ne serait pas au jasmin, mais à la menthe…

Prise par mon sujet, je décidai d'annuler le dîner avec Joan et me forçai donc à abandonner la plume le temps de me rendre à la réception.

Une nouvelle plante verte venait d'y être installée. Luxuriante, elle ressemblait à une sorte de palmier. Le concierge se précipita vers moi.

— Mrs Neele, que puis-je pour vous ?

Si près du végétal, son teint paraissait encore plus gris.

— Auriez-vous l'amabilité de faire prévenir Mrs Scudamore, je ne dînerai pas ce soir à la salle à manger. La cure m'a épuisée. En revanche, faites-moi monter un plateau par ce cher George.

— Je vous en prie, Mrs Neele, articula-t-il, impassible et sans prononcer son sempiternel *of course of course*. Il enchaîna : Que souhaitez-vous pour ce dîner dans votre chambre ?

— Je ne sais pas… J'ai oublié ce dont j'aurais pu avoir envie… Disons que je reprendrai la même chose qu'hier soir.

Le concierge fronça les sourcils.

— Ce que vous avez choisi hier à la salle à manger, un rosbeef et sa garniture de légumes. Puis une compote.

Si je créais de toutes pièces ces soucis de mémoire ? À ce moment-là, je jure que non.

À la même heure, Archie consultait une voyante.
À ses pieds, un chien gris aux poils si longs
qu'il ressemblait à une serpillière.

ARCHIE : Mon épouse a disparu, il y a quelques jours.

LA VOYANTE : Je ne vois rien d'autre que des bulles étranges dans ma boule de cristal…

ARCHIE : Des bulles d'air… Ciel, pourrait-elle s'être noyée ?

LA VOYANTE : Rien de cela dans la boule… Vérifions avec les cartes… Retournez-en trois, posez-les ici.

ARCHIE : Voilà…

LA VOYANTE : Bien, je les retourne… Il y a beaucoup d'eau autour de votre épouse.

ARCHIE : Encore de l'eau ! Un étang ?

LA VOYANTE : Non, l'eau est très claire.

ARCHIE : Il pleut ?

LA VOYANTE : C'est de l'eau… venue d'une source… Il y a des céramiques partout autour d'elle…

ARCHIE : Elle prend un bain !

11 et 12 décembre 1926

Notre programme était désormais bien rodé. Le matin, Joan Scudamore et moi prenions chacune notre petit déjeuner dans notre chambre. À dix heures, après nous être reposées, nous nous retrouvions dans le hall et partions bras dessus bras dessous aux Royal Baths où Leslie se faisait un plaisir de nous recevoir.

— Seriez-vous tentée par la baignoire à remous, aujourd'hui, Mrs Neele ?

— Pourquoi pas, Leslie... Qu'en pensez-vous, Joan ?

— Qui tente l'expérience veut ensuite ce bonheur au quotidien, Teresa !

— Parfait, Leslie, je vais essayer cette nouveauté.

— Je file pour ma part dans la piscine d'eau chaude. Rejoignons-nous là-bas dans une demi-heure, Teresa.

Leslie me décocha son plus beau sourire : « Eh bien allons-y », et elle me précéda dans les couloirs des thermes.

— Voici la baignoire, Mrs Neele, si vous voulez bien vous y installer. Il n'y a rien à faire qu'à se laisser aller. Je vais actionner le moteur et l'eau va commencer à bouillir.

— À bouillir ? vrombis-je. Je me voyais déjà tel un homard hurlant en silence dans sa casserole.

— Je veux dire à faire des remous.

— Des remous ?

— Des glouglous... Je vais vous montrer, Mrs Neele, il n'y a aucun danger.

Leslie leva le bras vers un tableau en bois couvert de tuyaux et de boutons. Sa main empoigna une manette. Sous mon postérieur, un étrange phénomène se produisit alors, c'était comme si mon bas-ventre tout à coup impudique abandonnait tout l'air qui était en lui.

— Je suis désolée, m'excusai-je, je crois avoir un petit souci.

— Vous n'êtes pas la première à avoir cette impression, rit Leslie, les bulles viennent du fond de la baignoire, mais vont remonter et vous entourer tout entière. Comme dit Mrs Scudamore, c'est un bonheur.

Je décidai de faire confiance au destin qui m'avait projetée dans cette marmite bouillonnante et tentai de me détendre. Après tout, que risquai-je à part être électrocutée ? « Mais non, surtout pas ça, tu serais morte par accident, Archie pourrait se remarier, pense à Nan et à ses théories ! »

182

Une demi-heure passa et je dois dire que je compris Joan. J'étais conquise. J'aurais aimé profiter d'un second bain, mais une curiste attendait. « Mrs James a rendez-vous et il n'est pas bon de doubler les effets de ce soin », lança, soudain ferme, Leslie.

Mrs James. Je frémis. Était-ce notre amie Janet James qui avait si bien vanté les bienfaits d'Harrogate. « Oh, non, pas elle, frange ou pas frange, elle va me reconnaître. »

Je sortis de la baignoire et vite revêtis une serviette. Derrière la porte, la voix de Leslie résonnait.

— Mrs James voudra-t-elle son thé froid avant ou après le soin ?

— Volontiers avant, répondit la dame.

Je fus envahie par un immense soulagement, ce n'était pas la voix de Janet James.

Le lendemain, je repris l'expérience. Joan avait raison : goûter aux bains à remous revenait à ne plus pouvoir s'en passer.

— Je vous l'avais dit, Teresa, ces cures sont un paradis. Il faudrait nous y retrouver tous les ans à pareille époque. Cela rythmerait nos années. Car je suis moi aussi, bien que munie d'un époux, assez seule... confia-t-elle en émettant un étrange petit rictus.

— On peut être mariée, mère, avoir toutes sortes d'activités et sentir parfois la solitude envahir tous les pores de votre peau... soupirai-je.

— Comme vous parlez bien, Teresa, vous devriez écrire vos pensées dans un cahier. Ma mère s'adonnait à cet exercice autrefois, elle y ajoutait des fleurs séchées et parfois de petits dessins. Elle affirmait ne pouvoir se passer de cette distraction. Je pense qu'elle était plus intellectuelle qu'elle ne l'imaginait. Et vous, Teresa, votre mère ? Est-elle toujours de ce monde ?

— Non, soupirai-je.

— Si nous allions prendre un thé ? Prenons cette habitude, Teresa, après la cure, chaque jour, le *tea time*. Cela vous dit ? Nous nous raconterons nos peines et nos amusements. Et je vous montrerai quelques poésies écrites par mon père.

Ainsi, après nos soins, nous retrouvâmes-nous chez Betty.

Le vaste salon abritait une vingtaine de tables toutes dressées. Nappes immaculées, couronne de fleurs ivoirines placée en leur centre, elles paraissaient tout droit sorties d'une publicité pour un mariage. Funambules, une demi-douzaine de serveuses vêtues telles des demoiselles d'honneur allaient et venaient, entre les consoles et les buffets. Plateaux d'argent et théières en porcelaine fine s'affichaient avec élégance et sobriété.

Je n'avais pas éprouvé telle sérénité depuis des siècles.

— Quelle merveille, Teresa. Quel est votre thé préféré ?

— J'aime changer. Mais il est vrai que j'ai un faible pour le Darjeeling.

— Connaissez-vous le thé à la Bergamote qui vient de Lorraine en France, Nancy, c'est le nom de la ville...

« Nancy », ce nom... Celui d'un lieu aussi. Décidément, j'étais poursuivie par les symboles... Je frémis.

— Non, je n'en ai jamais goûté, Joan.

— Je vous en ferai parvenir en Afrique du Sud, ma chère, c'est un régal. Et en matière de confiture, qu'aimez-vous ?

— La marmelade d'orange, bien sûr.

— En bonne Anglaise ! plaisanta Joan.

— Certes !

— Et en matière de lecture ?

Je me souviens avoir affabulé comme souvent, lorsque je teste l'efficacité du titre de mon prochain livre auprès de mes proches.

— J'ai adoré *Loin de vous ce printemps.*

— Je ne connais pas.

— Aimez-vous ce titre ?

— Beaucoup. C'est énigmatique et sentimental. Quelle en est l'histoire ?

— C'est l'histoire d'une femme. Elle s'appelle Joan comme vous.

— Quel hasard amusant !

— Joan ne va pas très bien. Seule dans le désert, elle fait le point sur sa vie. Son mari est-il vraiment heureux ? Est-elle une bonne épouse ? Une bonne mère ? Elle doute.

— Dans le désert, quelle jolie ambiance. Effectivement, seule face aux dunes, je suppose, cette pauvre dame doit se sentir bien seule.

— Ne le sommes-nous pas toutes, Joan.

— Vous savez, Teresa...

— Que sais-je, Joan...

— Je vous ai dit que mon mari était en Égypte.

— Oui, à Louxor.

— Je vous ai menti, s'excusa-t-elle.

— Il n'y est pas ?

— Je vais tout vous dire, Teresa, il faut que je me délivre de ce secret...

— Un secret ?

— Peut-être pourrions-nous échanger nos confidences, Teresa, j'ai beaucoup de mal à aller bien, savez-vous.

— Que se passe-t-il, parlez en toute confiance, Joan.

— J'ai trompé mon mari avec un ami d'autrefois retrouvé par hasard au musée à Londres...

— Mon Dieu, Joan !

— Ne me jugez pas, Teresa, j'étais dans une peine terrible, j'ai failli mettre fin à mes jours, je vous confie tout cela, je n'en ai jamais parlé à personne, mais je suis bien avec vous, vous le savez. L'amitié est rare et je la sens grandir avec vous. C'est un don du ciel.

— Votre époux, où est-il s'il n'est pas en Égypte ?

— Il m'a quittée lorsqu'il a découvert cette liaison… Je viens ici chaque hiver depuis quatre ans pour essayer de le croiser, il fait sa cure à cette même période. Mais voyez-vous, cette fois, je ne l'ai pas vu… Il a dû rester à Londres…

— Lui avez-vous parlé les années précédentes ?

— Non, je n'ai fait que le regarder de loin.

— De loin…

— Il était avec sa nouvelle épouse. Je ne me remettrai jamais de notre divorce. Jamais je n'aurais dû céder à cet ami d'autrefois, Tom. Mais je venais de perdre ma fille… Un accident de cheval… Mr Scudamore et moi, à partir de ce jour, ne nous sommes plus parlé, paralysés en nous-mêmes. Cette liaison, je l'ai cru, allait m'aider. Elle n'a fait que précipiter notre couple dans le ravin…

— Votre fille, c'est affreux.

— Elle avait neuf ans.

— Joan… Joan… vous ne méritez pas cela.

— C'est atroce, mais Dieu m'aide. Et ma fille est dans mon cœur. Elle ne me quitte pas une seconde. Elle est mon ange gardien. C'est elle, j'en suis certaine, qui nous a envoyées l'une à l'autre, Teresa, pour m'aider à survivre. Et puis, je sais que je ne suis pas la seule à être maudite sur terre. Il faut subir ces épreuves pour se rapprocher du ciel, n'est-ce pas ? Comment faites-vous, Teresa, de votre côté, pour ne jamais vous plaindre ? Seule, en Afrique du Sud, c'est affreux…

— Je n'aime pas me livrer.

— Teresa, il faut que je me décide à suivre votre exemple, être résistante au malheur. Je voulais vous remercier pour votre exemple.

— J'y suis sensible, Joan.

— Et vous, n'avez-vous aucun secret ?

— Non, Joan, aucun.

— Pas de secret...

— Non, Joan, aucun, dis-je avec fermeté.

Je n'allais tout de même pas lui avouer qui j'étais !

Silencieuses, nous marchâmes vers l'*Hydropatic Hotel*. J'observai Joan à la dérobée, pourquoi m'avait-elle si vite confié sa vie ? Je la connaissais à peine...

— Que diriez-vous de rester un peu avec moi au salon ?

— Avec plaisir, Joan.

Mrs Scudamore avait-elle encore quelque confidence à me faire ? Je suis d'une nature curieuse, la vie des autres m'intéresse quand elle n'est pas cancan et réclame une compréhension.

Nous nous assîmes dans le premier salon, celui aux murs couverts de peintures rupestres. Je ne me souviens plus combien il y en avait à l'hôtel. Peut-être cinq ou six avec chacun sa caractéristique. L'un bien pourvu en Chesterfield servait au billard, l'autre, tout de rose tapissé, se donnait tel un boudoir, un suivant plus moderne présentait des peintures de ladies osant des robes courtes et dorées.

Joan me proposa une partie de billard.

— Profitons-en pour nous amuser, jubila-t-elle.

— Quelques minutes seulement, Joan, car j'ai encore quelques lettres à rédiger chez moi.

— Vous écrivez beaucoup mon amie. Il faut dire que vos amis d'Afrique du Sud doivent vous manquer. Le courrier arrive-t-il rapidement là-bas ?

— En deux ou trois semaines. Parfois plus vite, parfois moins vite.

— Les missives sont des oiseaux migrateurs, soupira Joan. Elles ont elles aussi leur vitesse et leur temps de voyage. Mais elles ne reviennent pas dans le sens inverse. Elles restent chez celui qui les a reçues, chuchota-t-elle. Comme les hommes quand ils vous quittent...

— Les hommes... répétai-je.

— Il ne faut pas tromper son mari, Teresa, c'est la plus vilaine des choses. Je crois au mariage. Ma mère m'a élevée dans cette idée, « à la vie à la mort, pour le meilleur et pour le pire ».

— De plus en plus de couples divorcent...

— Certaines de mes amies ne pensent qu'à cela... Mais leurs époux, bien que leur ménage n'aille pas, refusent leur demande. Pensez-vous, Teresa, qu'il faille parfois accepter de se séparer pour vivre plus heureux avec une nouvelle personne ?

— Je ne sais plus, Joan, l'époque me désarçonne.

— Mais le divorce existait bien avant notre temps.

— Je sais, mais je ne m'y fais pas.

— Avez-vous parfois été émue par un autre homme que votre époux, Teresa ?

— Jamais. Et mon mari, non plus, il n'a jamais regardé une autre femme. Bien, faisons-nous cette partie de billard ?

— Avec joie.

De loin, le réceptionniste nous observait. Je remis ma frange bien en place, rajustai mes lunettes et, collée à Joan, entrai dans le salon réservé au billard. Mr *Of course of course* nous scrutait-il toujours ?

Non, mais, les bras chargés d'un grand bouquet de fleurs, l'Inspecteur Callaway pénétrait dans le hall.

Ciel que ce policier était romantique ! Hercule Poirot serait-il capable d'un tel élan ?

Joan saisit une canne et en frotta l'extrémité. Je l'imitai et la partie commença. Joan me conseillait à mi-mots, mais je ne comprenais rien à ses propos.

— Il faut casser fort au jeu de la 9, ainsi vous aurez plus de chance. Ce sera alors partie gagnée, Teresa.

— Évidemment, ma chère, évidemment, acquiesçai-je pour ne pas paraître stupide. Et la partie continua.

Je dois dire, au grand dam de mon amie, que les billes atterrirent peu dans les poches. Mais peu importe, nous nous amusions tout en imaginant les meilleures trajectoires à donner aux billes que nous pointions. Une heure passa entre concentration et esclaffements.

« Bravo ! » entendîmes-nous soudain.

Deux individus seuls venaient d'entrer dans le salon. Le plus petit, ventru, nous regardait avec une petite moue, le second, grand et attirant à en perdre sa canne, souriait, attendri.

— Peut-on se joindre à vous ? dit le plus aimable.

— Nous vous apprendrons peut-être à bien jouer, émit le rondouillard.

Joan me regarda d'un air entendu et lança.

— Nous n'aimons que les hommes gracieux, messieurs, et l'un de vous ne l'est pas ! Nous vous répondrons donc par la négative.

Nous abandonnâmes ces Sirs à leur sort et, à peine sorties, dans le couloir, commentâmes avec entrain : « Ciel ce que le plus grand était séduisant ! »

— Peut-être recroiserons-nous cet homme, soupira Mrs Scudamore, les yeux énamourés.

— Joan, vous êtes d'un drôle !

— Non, je suis très sérieuse, Teresa. Je viens d'être victime d'un coup de foudre.

— Mais vous ne l'avez pas montré, il doit penser que vous le méprisez.

Joan éclata de rire et je l'accompagnai dans cette euphorie. Une femme aussi malheureuse, même si elle avait autrefois fauté, avait droit au bonheur.

— Il faut que je marche, lança Joan.

— Maintenant ?

— Pour oublier un coup de foudre, il faut marcher, Teresa, enfin, ne le savez-vous pas ?

— Je suivrai peut-être un jour votre conseil.

— Je préférerais que vous y succombiez ma chère !

Je remontai à ma chambre et écrivis. Sous ma plume, les personnages vivaient. Mais l'héroïne, Joan Scudamore, ne parvenait pas être sereine… *Puisqu'elle voulait éviter de réfléchir, elle allait se contenter de marcher, sans trop s'éloigner… Elle décrirait un vaste cercle. Elle tournerait en rond, indéfiniment, comme un animal*[1].

De qui parlai-je ? De la vraie Joan Scudamore, certes, de ce qu'elle m'inspirait. Mais de moi aussi, je n'étais pas dupe.

---

1. *Loin de vous ce printemps.*

L'Inspecteur chef Kenward convoqua Archie. Mon époux
avait perdu quelques kilos. L'Inspecteur eut l'élégance
de ne pas le lui faire remarquer.

L'INSPECTEUR CHEF KENWARD : Mr Christie, avez-vous des nouvelles de votre frère, Mr Campbell Christie ?

ARCHIE : Oui, il va bien.

L'INSPECTEUR CHEF KENWARD : Pourquoi ne m'avez-vous pas dit que votre épouse lui avait écrit ? Elle a posté sa lettre le samedi matin. Campbell Christie dit vous en avoir informé.

ARCHIE : Cette affaire me rend distrait, j'oublie beaucoup de choses... Mon frère m'a dit que ce qu'elle avait écrit était illisible, mais je suis certain qu'elle lui a fait jurer de ne pas me dire ce qu'elle lui avait envoyé.

L'INSPECTEUR CHEF KENWARD : Pourquoi vous en a-t-il averti alors ?

ARCHIE : Pour que je sache qu'elle n'a pas mis fin à ses jours, il vous le confirmera, il a voulu m'apaiser.

L'INSPECTEUR CHEF KENWARD : Mrs Christie a aussi laissé un pli à sa secrétaire, Charlotte Fisher dite Carlo. Mrs Fisher m'a montré cette lettre.

Votre épouse y écrit : « Occupez-vous bien de Rosa-lind et du chien. »

ARCHIE : Quelle mise en scène ! Et vous marchez, Inspecteur ! Vous ne voyez pas qu'elle se moque de nous ?

L'INSPECTEUR CHEF KENWARD : Où est-elle selon vous si elle ne s'est pas suicidée ?

ARCHIE : Cachée quelque part. Peut-être en France. Elle adore ce pays. Dinard, Paris et le Sud. Elle doit lire les journaux et bien se moquer de votre enquête. Ma femme a de l'humour malgré son appa-rence austère. Elle vous manipule, vous la police, c'est grotesque, vous ne le voyez même pas, vous un as de la profession !

L'INSPECTEUR CHEF KENWARD : Parlez-moi sur un autre ton ! Savez-vous que l'on commence à avoir des doutes à votre sujet ?

ARCHIE : Idioties !

L'INSPECTEUR CHEF KENWARD : Ne serait-ce pas vous qui auriez, le samedi matin, envoyé ce message à votre frère, en imitant l'écriture de Mrs Christie afin que la police laisse de côté la thèse du suicide ?

13 décembre 1926

Plus de cent pages étaient déjà couvertes de mon écriture. C'était toujours ainsi quand je commençais un roman, une addiction montait et je ne réussissais plus à m'arrêter. Je pouvais oublier de boire, oublier de m'occuper de ma fille, oublier de me rafraîchir à la salle de bains, oublier de promener Peter.

Je n'avais pas beaucoup dormi. À l'aube, mon dos courbé sur la tablette du secrétaire m'arracha une plainte, mes épaules fatiguaient, mes reins étaient douloureux. Et puis voilà que j'avais faim. « Le plateau du breakfast, il doit être là, dans le couloir, froid ! »

Je quittai le petit secrétaire et allai ouvrir ma porte.

Le plateau patientait avec, sous cloche, mes fameux œufs pochés. J'en salivai et saisis le bienvenu repas. Les journaux ? Je les mis directement à la poubelle sans les avoir lus et en murmurant mon désormais coutumier « Ras-le-bol ! »

Je m'installai dans le grand fauteuil face à la fenêtre, une mélodie distillait ses notes et ses phrases dans ma tête. « Ce soir, nous irons écouter de la musique, avait promis Joan. Un petit groupe joue quatre fois par semaine au *Swan Hydropatic Hotel*.

Le porridge était froid, mais j'avais si faim et si peu envie de m'éloigner de mon manuscrit que je m'en moquai. J'appréciai même avec surprise le goût des œufs pochés pourtant bons à jeter. Quant aux toasts, racornis, couverts d'une épaisse couche de marmelade, sans me convenir, ils étanchèrent mon appétit. Le thé ? Oui, il avait refroidi. Mais peu importe ! Aux Royal Baths, j'avais appris à aimer cette boisson glacée.

Qu'allais-je rédiger aujourd'hui ?

« Il faut te reposer. Et, surtout, réfléchis à l'intrigue. Car, pour l'instant, *Loin de vous ce printemps* n'est qu'un roman sentimental, pas une énigme policière. Il faut que tu trouves un mort, un criminel, des suspects… comme tu le fais d'habitude. Là, tu as écrit sans même avoir de plan ! Et sans meurtre ! Tu ne pourras pas faire éditer ce livre ! Ou alors sous pseudonyme. Agatha Christie ne peut pas publier une bluette ! — Si je vis… » me rétorquai-je, cynique.

Par la fenêtre, j'observai les passants. La rue était couverte de guirlandes lumineuses.

Noël n'était pas loin, je me projetai dans la vie des habitants d'Harrogate. Comme tous les Anglais, ils étaient en train de sortir les boules colorées des vieilles boîtes à chaussures. « Noël, j'ai épousé Archie

un 25 décembre, cela ne m'a pas porté bonheur »,
pensai-je et je sentis une larme dévaler la pente de
ma joue droite.

« Rosalind, comme je t'aime ma petite fille,
murmurai-je alors, mais tu ne veux pas le savoir... »
Le chagrin m'emporta.

Les images affluèrent alors, celle du grand sapin
dressé sur la place de Sunningdale, le père Noël dans
la rue, non loin de chez Janet, qui donnait des bon-
bons aux enfants...

Ce moment de l'année est si précieux. Se retrouver
en famille, goûter de longues conversations devant la
cheminée, voir les enfants attendre leurs cadeaux...

Assise dans cet hôtel où je n'avais aucune paren-
tèle, dans cette ville dont je ne savais rien, je som-
brai : « Maman, jamais plus je ne célébrerai Noël
avec toi. »

Son regard ne serait plus sur moi au moment où
j'ouvrirais un présent glissé sous le sapin, un livre
dont elle était certaine qu'il me plairait. C'est elle
qui m'a offert mes premiers Charles Dickens, *David
Copperfield*, *Oliver Twist*, elle qui m'avait poussée à
écrire, m'avait persuadée de mes capacités en ce
domaine. Sans ma mère et son acharnement à me
faire inventer des histoires, je ne serais pas devenue
romancière.

Je me dirigeai vers la salle de bains pour sortir de
ces pensées qui me nouaient le ventre quand j'entendis une conversation juste derrière la porte d'entrée.

— Agatha Christie est morte.

— Morte, mon Dieu, mais comment est-ce arrivé ?

— Elle s'est noyée dans un étang en voulant sauver son chien.

— Noyée… C'est affreux.

Encore un commérage ! Et cette fois mon chien était en cause ! « La Grande-Bretagne perd la raison et je n'en peux plus de toutes ces bêtises ! Les gens sont plus cancaniers que le *Harrogate News* et le *Daily* ! »

Les voix s'éloignèrent, je sortis en secouant la tête. « Et pourquoi pas enlevée par des extraterrestres, pendant que vous y êtes ! »

Dans le hall, je croisai George, il avait l'air affairé de celui qui mijote un projet.

— Cela va-t-il, George, vous avez l'air tourmenté ?

— Agatha Christie… Elle s'est noyée… Avec son chien.

Lasse de ces fadaises, je pris George par le coude et le secouai.

— Cessez, sinon je parle à mon ami le directeur ! Ces cancans vous font perdre du temps, mon garçon !

— Oui, Mrs Neele, bien sûr Mrs Neele.

— Pourriez-vous me dire où est la bibliothèque dans cette ville ? George, reprenez vos esprits, s'il vous plaît, je vous pose une question.

— Excusez-moi, Mrs Neele, la disparition d'Agatha Christie nous sidère tous et la ville est…

Je l'interrompis.

— Je vous ai demandé de m'indiquer la bibliothèque !

— Excusez-moi, Mrs Neele, vous avez raison, je vais me reprendre, mais tout le monde est si choqué ici... La bibliothèque est après la place, allez tout droit, tournez à gauche puis à droite et vous y êtes... C'est très simple.

— George... repris-je.

— Oui, Mrs Neele

— Ce que vous me racontez à propos de cette romancière n'est pas dans les journaux que vous m'avez déposés. C'est pur racontar !

— Mais pourquoi inventer pareille chose ?

— Cela s'appelle les rumeurs, mon enfant, il faut s'en méfier comme de la peste.

Énervée, j'abandonnai le garçon et quittai le *Swan Hydropatic.*

Dix minutes suffirent pour que je trouve la bibliothèque. Le lieu sentait bon l'encens. J'avais entendu dire que c'était une nouvelle mode que de faire brûler des morceaux de cette magnifique substance sur une assiette. La matière était importée d'Inde et, pour l'instant, était peu utilisée en Grande-Bretagne. Je lançai donc à la dame qui m'accueillit :

— Que ça sent bon chez vous !

— Je vous remercie, Mrs... ?

— Mrs Teresa Neele, je suis enchantée de vous rencontrer, Mrs... ?

— Mrs Alderman, je suis la bibliothécaire.

Nous enchaînâmes sur les bienfaits de l'encens. Non seulement il nettoyait les mauvaises odeurs, mais il apportait une douceur de vivre en l'endroit où il se dispersait.

— Et il soigne également les problèmes de peau, de cheveux, ce, sans même que l'on s'en rende compte, précisa Mrs Alderman, mon fils est allé à Londres et m'en a rapporté, je ne peux désormais plus m'en passer...

— Un peu comme ces dames qui ne peuvent plus se passer du soufre contenu par les eaux d'Harrogate.

— Exactement, Mrs Neele.

La bibliothécaire avait les yeux couleur émeraude, je ne l'avais pas remarqué en arrivant. Je les examinai avec attention. Les décrire dans mon roman pourrait, dans la soirée, apporter une once d'énigme au personnage de Joan Scudamore. Et si celle-ci tuait Rodney ? Peut-être devrais-je reprendre le livre et tout recommencer, mettre en scène un assassinat dès la première page : dans un étang, un corps d'homme serait retrouvé noyé avec son chien... Ce serait celui de Rodney qui aurait voulu sauver la vie de son épagneul. Mrs Scudamore ne serait au départ évidemment pas soupçonnée...

— Mrs Neele, perçus-je, Mrs Neele, allez-vous bien ?

Je sursautai.

— La fatigue, la fatigue, mais je suis déjà plus reposée avec cette cure.

— Elle fait un bien fou, je n'entends que des compliments.

— Venons-en à notre sujet adoré, Mrs Alderman.

— Notre sujet adoré ? interrogea-t-elle en plissant les yeux.

— Les livres, Mrs Alderman, les livres !

— Mais, je suis idiote, si vous êtes ici, c'est bien sûr pour emprunter des ouvrages ! Avez-vous une idée précise ?

— Je ne sais pas encore…

— Un roman de Gaston Leroux ?

— Je l'ai déjà lu.

— Arsène Lupin ?

— Je connais aussi… Peut-être de la philosophie ?

— Que diriez-vous de notre penseur anglais, Thomas Hobbes ? Son ouvrage *The Leviathan* vient d'être rendu par une dame qui a dit avoir été conquise. Elle ignorait d'ailleurs que Thomas Hobbes et Descartes n'avaient pas une bonne relation. Ah les rivalités philosophiques ! Ces deux grands hommes n'avaient pas les mêmes idées…

— Je connais peu la philosophie.

— On apprend mille choses dans cet ouvrage. Cela étant, les romans policiers sont beaucoup plus distrayants. Agatha Christie, par exemple. J'adore ses histoires. J'ai lu quatre de ses énigmes. Elle est très forte ! Et très psychologue. C'est une très bonne chose… Savez-vous, s'enthousiasma la bibliothécaire, que vous portez le nom de la maîtresse du mari d'Agatha Christie, celle qui a mis la pagaille ? Ça m'a amusée lorsque vous vous êtes présentée tout à l'heure. Par chance, vous ne portez pas le même prénom, cela aurait intrigué notre Inspecteur, il est si méticuleux qu'il vous aurait interrogée.

— L'Inspecteur Callaway ?

— Oui, il a un flair étonnant. On parle souvent de son excellence dans le *Harrogate News*.

« Ciel, mon cher Hercule Poirot, comme tu dois rire ! » pensai-je

Je cherchai à éviter le regard de la bibliothécaire. La conversation devenait gênante.

— Pauvre Agatha Christie, une vraie sentimentale ! Qui l'eût cru ! On l'imagine si froide et si machiavélique, n'est-ce pas ? Cette Nancy Neele est danseuse, dit-on…

Je pensais que les cancans de Mrs Alderman s'arrêteraient là. Aussi pris-je en main le livre de Thomas Hobbes pour dire « je l'emprunte », mais la dame continua :

— Mr Christie saura vite la vérité, son frère jumeau est ministre, paraît-il.

— Quelle belle information, je l'ignorais ! dis-je. Et, pour me dégager d'un nouveau colportage, je lançai : « Allons, je suis votre conseil, et je vous emprunte le livre de Thomas Hobbes, il faut bien commencer à approcher la philosophie un jour ! »

Je remerciai la bibliothécaire et quittai vite ce lieu aux effluves de santal et de soufre.

Lasse, je fus accueillie au *Swan Hydropatic Hotel* par un inconnu à la tenue aussi chic que moderne.

« Bonjour, Mrs Neele. Je suis le directeur de l'établissement. Le concierge me dit que nous nous connaissons, je suis heureux de vous revoir Mrs Neele, mais je n'arrive pas à me souvenir de cet endroit charmant où nous avons été présentés... »

Mentir encore ? Et au directeur cette fois ! Je n'en pouvais plus de la mascarade. J'indiquai ma gorge d'un petit mouvement de l'index et chuchotai en un faux enrouement : « Extinction de voix, pardon... »

Je traversai le hall, fis semblant de ne pas voir Joan Scudamore seule dans le salon de billard et fonçai vers le premier étage. Je fus dans ma chambre en quelques secondes, heureuse de retrouver sa quiétude.

Écrire, je n'en avais soudain plus envie. Peut-être parce que la remise en question de mon héroïne, Joan, ne faisait que me remémorer mon propre délabrement moral. Je m'allongeai et entrepris de commencer *Le Leviathan*. Ciel, à peine trois pages et il me tombait déjà des mains. Cet auteur n'était pas pour moi. Ses idées ennuyeuses auraient pu faire bâiller une mouche. Au moins les notai-je ; je les introduirais dans mon manuscrit un peu plus tard : *Dans un sursaut d'une violence douloureuse, Joan se dit : « Pourtant, j'aime Rodney. J'aime Rodney ! Ce que j'ai fait, ce n'est point par manque d'amour* [1] *! »*

Archie, comme je lui en voulais ! Il n'était toujours pas fichu de me rechercher lui-même ! La police travaillait sans relâche, disaient les journaux. Mais lui,

---

1. *Loin de vous ce printemps.*

ce gredin, que faisait-il ? Était-il en train de se rouler dans les sales draps de son échassier ?

Je m'endormis sur le couvre-lit. Toutes ces heures, de la soirée à l'aube, à composer *Loin de vous ce printemps* avaient eu raison de moi.

Mes personnages envahirent aussitôt mes rêves. Rodney avait maintenant les yeux vairons du chien de l'Inspecteur Callaway et Joan portait la robe de la bibliothécaire. Celle-ci jurait : « Mon frère est ministre, vous devez m'embrasser » et Rodney approchait ses lèvres de celles de Joan. Le baiser était si bon, si doux, si humide, si profond que mes héros tombaient à genoux dans un gazon qui déjà se transformait en océan aux eaux turquoise... Puis s'imposa le visage de Rosalind, ma fille, elle criait : « Maman, cache ce livre, tu vas aller en enfer » et ma secrétaire Carlo hurlait : « Je n'arrive plus à suivre votre testament, Mrs Christie, il faut parler plus lentement, s'il vous plaît, dictez moins vite, la machine à écrire va s'enrayer. »

Ce fut Joan Scudamore qui me réveilla. Elle venait de glisser une enveloppe sous ma porte. Il me fallut un moment pour sortir de mon sommeil et de la frayeur engendrée par les mots lointains de Rosalind et de Carlo. Si ma mère savait lire dans les pensées, elle jurait aussi que ses rêves étaient prémonitoires. Je devais émerger de cette léthargie et mettre mon manuscrit au coffre de l'hôtel.

Enfin debout, je me débarbouillai dans la salle de bains, me promis de prendre un long bain en soirée

pour calmer mes nerfs puis lus le pli de Joan : *Teresa,
retrouvons-nous au salon de musique, les musiciens
seront en place à dix-sept heures. Je vous embrasse. Joan.*
Je visai le cadran de ma montre. Il était seize heures
trente. Juste le temps de rassembler les feuilles de
mon manuscrit et de les déposer au coffre. Je verrais
dans quelques jours ce que j'en ferais. Sans doute le
détruirai-je. Agatha Christie ne pouvait pas signer
une telle romance, Rosalind avait raison !

Le concierge accueillait un nouveau client.
Affable, il expliqua combien l'hôtel était agréable et
répondit à toutes les questions du nouveau venu.
Quelques-unes étaient saugrenues : « Le restaurant
sert-il du chou-fleur à cette époque ? » ; « Peut-on
skier à Harrogate ? » ; « Connaissez-vous un marchand de fleurets ? »

J'attendis. Dans le hall, à droite de l'entrée, Joan
parlait avec une jeune femme. Cette dernière avait
un air de Carlo. J'y vis un nouveau signe du destin.
Mon rêve était prémonitoire... Il fallait vite mettre
mon livre en sécurité. Mais ciel, combien de temps
allais-je attendre que le concierge soit disponible !
« Je me servirai de cette scène dans un roman. Les
demandes de ce client sont si farfelues que je n'aurais
su les inventer » me jurai-je pour patienter.

— Et pourriez-vous me confirmer que l'on peut
boire à l'hôtel l'eau de cure ?

— *Of course, of course, Sir.*

— Et qu'il est possible d'y obtenir quelques soins sans aller aux thermes ?

Le concierge fixa l'homme, lui tendit en guise de réponse quelques prospectus et s'excusa : « Pardonnez-moi, monsieur, je reviens à vous, cette dame attend depuis un moment. Mrs Neele, puis-je vous aider ? »

Quelques minutes plus tard, au coffre, je déposai les cinq premiers chapitres de *Loin de vous ce printemps*.

Puis, abandonnant *Of course of course* aux interrogations fantasques du client hautain, je rejoignis Joan.

« Vite, Teresa, nous allons être en retard, j'ai réservé deux sièges devant l'estrade », s'agita mon amie.

Le *jazz-band* était installé. Une trentaine de chaises avaient été placées en cercle autour de l'estrade. Joyeuses, nous nous installâmes. Et fûmes vite emportées par la musique.

« Un fox-trot ! » cria tout à coup quelqu'un dans le public. Une autre voix rejoignit la demande : « Oui, un fox-trot, s'il vous plaît ! » Et une troisième, un quatrième : « Un fox-trot, un fox-trot, un fox-trot ! »

L'un des musiciens tonna dans le micro : « Votre souhait est exaucé ! » et un fox-trot entraîna quelques personnes sur une piste imaginaire juste en dessous de l'estrade.

Joan se délectait du spectacle. Elle remuait avec gaieté la tête quand je surpris le regard insistant d'un musicien sur moi.

Le fox-trot s'acheva. Les danseurs se dispersèrent. Les applaudissements fusèrent. Et l'orchestre entonna un air à la mode, *Yes ! We Have No Bananas*. « Oh j'adore ! » clama Joan en battant des paupières.

Le musicien, à nouveau, me fixait. Lui plaisais-je ? Il devait avoir au moins dix ans de moins que moi... Comme l'homme qui avait dépanné ma Morris Cowley non loin de Silent Pool.

— Ce garçon ne cesse de vous regarder, murmura Joan.

— Mon Dieu, c'est un enfant !

— L'homme avec lequel j'ai trompé mon époux avait vingt ans et donc sept ans de moins que moi, rétorqua Joan. Et c'était un homme, un vrai, je vous assure. Mais je regrette de m'être laissée aller. Voyez le désastre de ma vie...

— Je sais, Joan, je comprends vos remords.

— Ils sont bien lourds à porter. Il est bon de s'en libérer en les livrant à une amie, voyez-vous...

Je retins un soupir. Cette nouvelle incitation à me confier m'agaça.

— Pardonnez-moi, je vais regagner ma chambre, Joan, cet homme m'indispose et la fatigue m'envahit.

Je pris la main de Joan, la pressai, lui signifiai mon amitié :

— À demain, ma chère, laissons-nous un message à la réception car je ne pense pas aller à la cure, j'ai beaucoup de courrier en retard...

— Tout ce courrier, sourit tristement Joan, vous finirez un jour par écrire un livre si vous continuez comme ça.

— Je n'ai pas assez d'imagination, Joan !

Ce même soir, 17 h 45

LE MUSICIEN : J'ai reconnu Agatha Christie. Elle est ici…

LE CONCIERGE : Vous déraillez, jeune homme, reprenez-vous !

LE MUSICIEN : Je vous assure. L'un de mes collègues du jazz-band en est sûr aussi…

LE CONCIERGE : Cessez, s'il vous plaît, de vouloir vous rendre intéressant.

LE MUSICIEN : Elle a mis des lunettes et est coiffée différemment, mais c'est bien elle.

LE CONCIERGE : Je vous ai demandé d'arrêter ces fadaises !

LE MUSICIEN : De combien est la récompense promise par le journal ?

LE CONCIERGE : Ah, je vois, un gros mensonge pour un encore plus gros pécule ! Vous n'avez pas honte ?

LE MUSICIEN : Mais puisque je vous dis qu'Agatha Christie est ici !

LE CONCIERGE : Je vais avertir le directeur de vos propos, jeune homme, vous avez trop bu, votre haleine le prouve.

17 h 55
Poste de police d'Harrogate.

LE MUSICIEN : C'est pour un signalement.
LA POLICE : Je vous écoute.
LE MUSICIEN : Agatha Christie est au *Swan Hydropatic Hotel.*
LA POLICE : Agatha Christie, la romancière, en êtes-vous certain ?
LE MUSICIEN : Je l'y ai vue il y a moins d'une heure, elle a changé de coiffure et porte des lunettes.

14 décembre 1926

Loin de vous ce printemps avançait à fière allure. J'étais envahie. Impossible de résister à mes personnages, aux souffrances de mon héroïne, Joan, isolée dans le désert. Toute la matinée, je fus en apnée, vampirisée, ventousée par mon histoire.

Enfin, je regardai ma montre : midi s'annonçait. L'idée de descendre déjeuner à la salle à manger me déplut. Mais Joan, la vraie, celle bien réelle qui séjournait à l'hôtel, n'allait-elle pas s'inquiéter de ne pas me voir ? Et puis cet ouvrage de Hobbes, j'avais promis à la bibliothécaire de le rendre dans l'après-midi.

Le dos douloureux à force d'être courbé sur le secrétaire, je me levai avec difficulté. J'effectuai quelques mouvements de gymnastique, étirai mes bras puis les fis tourner tel un ventilateur pour détendre mes épaules et ma nuque. J'étais dans cette position au moment où j'entendis un bruit suspect derrière la porte. Quelqu'un paraissait s'être arrêté juste devant ma chambre. Une personne qui respirait fort. Et attendait.

Je me relevai en silence et restai debout sans bouger, retenant ma respiration comme si une vilaine guêpe vrombissait autour de moi, dard tendu, prête à me piquer.

Le souffle était toujours là.

— George ? dis-je, c'est vous ?

— Non, c'est Michael.

— Michael Callaway ?

— Oui, c'est moi.

Ça y est, j'étais faite ! L'Inspecteur venait de découvrir mon identité !

Décrire ce que je ressentais est difficile. Ce fut un mélange de peur, de fragilité, d'envie irrépressible de foncer me couper les veines dans la salle de bains. Mais j'étais le lièvre pris dans les phares d'une voiture.

— Êtes-vous là ? reprit Callaway.

Sauter par la fenêtre, il y avait encore cette solution. Mais se précipiter d'un premier étage ne tue pas, on le sait bien. Ouvrir et pleurer, pleurer à plus soif en attirant cet homme d'apparence si doux dans la chambre, refermer la porte, me confier à lui comme à un père, un frère, geindre, et raconter tout ce mal qu'Archie m'avait fait, réussir à le persuader de ne pas répandre sa découverte, supplier qu'il me laisse fuir ?

— Mon amie, il faut me dire... lança l'Inspecteur.

— Inspecteur… lançai-je, prête à m'abandonner au jeu de la confidence.

— Oui, c'est bien moi, que se passe-t-il, mon ange ? Êtes-vous malade ?

— Inspecteur, lançai-je alors soulagée, c'est Mrs Neele. Pas votre amie. Elle est à l'étage au-dessus.

— Oh je suis désolé de vous avoir dérangée, Mrs Neele, je me suis trompé de chambre, vraiment je suis navré. Il m'a bien semblé, votre voix n'est pas la même…

— Rien de mal, Inspecteur.

Les pas de Callaway s'éloignèrent après moult mercis. Je m'assis sur le lit : « Ciel que je suis lasse d'Agatha Christie ! »

Aussi vrai que le soleil est brûlant en été du côté de Torquay, je pensai alors à mes lecteurs. « S'ils me voyaient, là, affalée dans ce gilet qui bouloche déjà, la frange en bataille, les yeux et le nez rougis par les larmes… »

Je fis une longue sieste, pris un bain puis je me remis l'écriture.

La nuit tomba. Comme la journée avait filé.

18 h 35

L'INSPECTEUR CHEF KENWARD : Allô, Mr Christie.
ARCHIE : Oui.
L'INSPECTEUR CHEF KENWARD : On a retrouvé
votre femme à Harrogate au *Swan Hydropatic Hotel*.

18 h 45

ARCHIE : Allô, je vous entends mal, le *Swan
Hydropatic Hotel* à Harrogate ?
LE CONCIERGE : Oui.
ARCHIE : Pourriez-vous m'indiquer si mon épouse,
Mrs Agatha Christie, est bien dans votre éta-
blissement ?
LE CONCIERGE : Non, Sir, aucune Mrs Christie n'est
inscrite sur le registre.
ARCHIE : Je suis pourtant bien renseigné, elle y est.

LE CONCIERGE : Je vous entends mal, nous avons beaucoup de brouillard sur la ville. Pouvez-vous répéter, s'il vous plaît ?

ARCHIE : Agatha Christie est-elle dans votre établissement ?

LE CONCIERGE : Oh non, nous l'aurions reconnue.

ARCHIE : Ça suffit ! Outrepassez la discrétion qu'impose votre profession et passez-la-moi !

18 h 56

ARCHIE : Allô, Kenward ?

L'INSPECTEUR CHEF KENWARD : Oui, c'est moi.

ARCHIE : J'ai appelé le *Swan Hydropatic*, ils affirment que ma femme n'est pas chez eux.

L'INSPECTEUR CHEF KENWARD : Je sais, je leur ai téléphoné.

ARCHIE : Avez-vous parlé au musicien qui dit l'avoir reconnue ?

L'INSPECTEUR CHEF KENWARD : Il est actuellement interrogé par mon collègue d'Harrogate. Mais rien ne dit qu'il s'agisse bien de Mrs Christie.

ARCHIE : A-t-il été bien interrogé ? Avec efficacité ?

L'INSPECTEUR CHEF KENWARD : Vous n'allez pas recommencer à nous prendre de haut !

ARCHIE : Je ne prends personne de haut ! Je veux retrouver mon épouse, un point c'est tout !

L'INSPECTEUR CHEF KENWARD : Pour l'instant, nous n'avons aucune preuve et le musicien a bu… Il peut avoir raconté n'importe quoi…

ARCHIE : Soit ! Je vais aller vérifier par moi-même à Harrogate ! J'y serai dans quelques heures, je veux en avoir le cœur net.

Les dernières heures de ma disparition

Installée en robe de chambre devant la fenêtre, je fixais le brouillard. Tombé d'un coup, il empêchait toute sortie nocturne.

J'avais pensé m'habiller chaudement et filer me promener en ville. Goûter au calme offert par la nuit. J'aurais marché, mes pieds se seraient enfoncés dans la neige, mon imagination serait devenue reine des lieux. Je me serais projetée dans ces contrées lointaines où vivent les Esquimaux. « Comment font-ils pour dormir sous un igloo ? Comment en construit-on un ? »

C'est pour ces idées que marcher sous la lune a toujours été pour moi un refuge. À Sunningdale et à Greenway, mon chien m'accompagnait. Il allait fier sur ses quatre pattes, truffe tendue, certain de me protéger. Mais il revenait vite dès qu'un aboiement surgissait. C'était moi alors qui aimais le prendre contre moi, le rassurer. « Te souviens-tu, mon beau fox, de ce dimanche où les étoiles filantes étaient si

nombreuses que je n'avais plus assez de vœux à prononcer ? Et de cette autre soirée où tu m'abandonnas
pour courir après une bien jolie cocker ? Peter, tu
dois dormir dans ton panier à cette heure… J'espère,
mon chien, que tu t'occupes de Rosalind, elle ne doit
pas être très en forme avec toute cette histoire…
Mais, vois-tu, je n'imaginais pas qu'elle prendrait ces
proportions. Je crois n'avoir jamais réalisé à quel
point Agatha Christie était connue. C'est comme un
autre moi. Je suis mieux dans l'anonymat que dans
la lumière. Et cette affaire m'a fait une vilaine
réclame… Ciel, Peter, comme la vie est difficile
parfois… »

Tout à coup, l'envie de continuer la rédaction de
Loin de vous ce printemps me prit. « Oh, non !
sifflai-je, maintenant le manuscrit est au coffre ! Me
rhabiller pour descendre, je n'en ai pas le courage. »

Que faire alors ?

Me lancer dans quelques dialogues sur de nouvelles feuilles de papier ? Je les ajouterais au manuscrit le lendemain ?

Ou dormir si tôt et sans dîner ? Être en forme
demain pour me rendre à la cure. « Il y a des soins
que tu n'as pas essayés, Agatha, tu iras avec Joan,
puis vous ferez une halte chez Betty. Il faut tenter
son *fudges*… »

J'éteignis et m'enfonçai sous les draps. « Je suis
encore mieux là que dans une baignoire à remous » et
je sentis le sommeil me kidnapper. Quelques phrases

vinrent alors accompagner mes songes comme cela m'arrivait souvent au moment de m'endormir.

« Rallume vite, ton calepin, écris, Agatha, les idées de la nuit ne sont plus jamais là au petit matin. »

Je notai donc :

Sans préambule, Michael Callaway l'avait prise contre lui et embrassée avec une violence et une brutalité telles qu'elle avait cru en étouffer. Puis, s'éloignant d'elle, il s'était écrié d'une voix triomphante : « Bon sang, ça fait du bien [1] ! »

Le paragraphe conservé dans mon carnet, je tentai de me rendormir. Mais un pressentiment étrange me saisit. « Il faut récupérer mon manuscrit au coffre et vite, j'ignore pourquoi, mais je le sens en danger ! »

Comme mue par un exigeant instinct de survie, je m'habillai, quittai ma chambre et me précipitai dans le couloir. Vite rejoindre la réception et le coffre.

À peine avais-je descendu quelques marches d'escalier que j'aperçus la silhouette de l'Inspecteur Callaway. « À cette heure tardive ! » m'étonnai-je.

Je m'immobilisai quelques secondes pour l'observer.

À quelques mètres, Callaway était en grande conversation avec le directeur de l'hôtel. Je tendis l'oreille. « Ah ma fille ! Cette manie de toujours vouloir tout observer ! » aurait clamé Maman.

Voilà que l'Inspecteur Callaway s'emportait. Le directeur était-il un rival ? Un autre bon ami de la belle jeune femme ? Ou son époux ?

---

1. *Loin de vous ce printemps.*

Tout à coup, son visage se tourna vers moi et se figea. Voyait-il en moi un témoin indésirable ? Ou m'adressait-il un appel à l'aide ? Comment me comporter ?

« Va au coffre et prends ton manuscrit ! » me dis-je.

À peine en avais-je fini avec cet ordre que je crus tomber à la renverse. Mon cœur cessa de battre quelques secondes puis il reprit son rythme. Une main venait de se poser sur mon avant-bras. « Agatha, que se passe-t-il ? » La voix était celle d'un homme, sa main sur moi était d'une grande fermeté.

Non, ce n'était pas une connaissance, non, ce n'était pas un policier, oui, c'était bien lui, mon mari en chair et en os, Archibald Christie, Archie, mon époux.

Comment m'avait-il retrouvée ? L'individu qui l'accompagnait était-il un détective privé ? À moins que ce ne soit le cousin de Nancy Neele dont je n'avais pas entendu le plus grand bien, mais dont Archie s'était paraît-il entiché ?

Face à moi, les yeux bordés de cernes bruns, les lèvres pincées, flanqué de cet inconnu aux sourcils épais comme des buissons, l'autorité d'Archie débordait de tous les pores de sa peau.

— C'est bien ma femme, dit-il à l'homme aux gros sourcils.

— Inspecteur chef Kenward, se présenta alors le hérisson. Pouvez-vous, Mrs Agatha Christie, me confirmer que vous êtes bien l'épouse de Mr Archibald Christie ici présent ?

Joan, où était mon amie, Joan ?
« Joan, aidez-moi », suppliai-je en silence.

23 h 35

L'Inspecteur chef Kenward : Mrs Neele, êtes-vous bien Mrs Agatha Christie ?

Agatha : Moi ?

L'Inspecteur chef Kenward : Oui, vous !

Agatha : Mais non, je suis Mrs Neele.

Archie : Neele ! Mais pourquoi ce nom, Agatha ? Quelle affreuse vengeance !

L'Inspecteur chef Kenward : Où est le directeur de l'hôtel ?

Le directeur : Je suis ici, Inspecteur. À votre service.

L'Inspecteur chef Kenward : Quel est le nom de cette dame ?

Le directeur : Elle est inscrite dans nos livres sous le nom de Mrs Neele.

Agatha : Je m'appelle Teresa Neele et je vis en Afrique du Sud.

Archie : Agatha, il faut cesser de mentir, vous me mettez dans une de ces situations !

L'INSPECTEUR CHEF KENWARD : Mrs Christie, votre mari vous a reconnue. Un époux ne peut pas se tromper.

LA FOULE : Non, un mari ne peut pas se tromper !

ARCHIE : Agatha, tout le monde nous regarde !

L'INSPECTEUR CALLAWAY : Laissez-moi passer, laissez-moi passer ! En quoi cette dame a-t-elle à voir avec l'affaire Agatha Christie ?

L'INSPECTEUR CHEF KENWARD : Seriez-vous aveugle, Inspecteur Callaway ? N'avez-vous pas reconnu Mrs Agatha Christie en Mrs Teresa Neele ?

UN CLIENT : Callaway est amoureux, il ne voit plus clair !

L'INSPECTEUR CALLAWAY : De toute façon, je suis en vacances.

L'INSPECTEUR CHEF KENWARD : Mrs Christie, parlez maintenant, nous vous avons tous reconnus, il ne manque que votre aveu pour que l'affaire soit réglée.

ARCHIE : Agatha, s'il vous plaît, épargnez-moi…

GEORGE : Mais Mrs Neele n'a pas de mari, il est mort.

MRS JOAN SCUDAMORE : Que se passe-t-il ? Puis-je vous aider Teresa ?

ARCHIE : Agatha, cessez ce jeu, s'il vous plaît.

AGATHA : Mais pourquoi cet inconnu ne cesse pas de m'appeler Agatha ? Que se passe-t-il ? Où suis-je ?

Mrs JOAN SCUDAMORE : Teresa, avez-vous encore l'un de ces problèmes de mémoire ? Laissez-la tranquille vous tous !

ARCHIE : Amnésique, il ne manquait plus que cela à votre palmarès, Agatha !

LE CONCIERGE : C'est affreux, une si gentille personne. Ce n'est pas la première fois qu'elle perd la mémoire...

Mrs JOAN SCUDAMORE : Si quelqu'un fait du mal à mon amie, je porte plainte !

ARCHIE : Moi ? Lui avoir fait du mal ? Mais je suis son mari !

Mrs JOAN SCUDAMORE : Mrs Neele n'est pas Agatha Christie, je peux en témoigner.

ARCHIE : D'abord qui êtes-vous ? Sa complice ?

Mrs JOAN SCUDAMORE : Je suis son amie ! Le mari de Mrs Neele est mort, monsieur ! Honte à vous d'émettre un tel mensonge !

GEORGE : Mrs Neele est veuve, je le confirme.

LE CONCIERGE : Mais non, Mrs Neele n'est pas veuve, son mari est resté en Afrique du Sud !

Mrs JOAN SCUDAMORE : Je vous dis que son époux est mort !

LE CONCIERGE : Mais non ! Vérifiez !

LA FOULE : Mais que fait la police ?

L'INSPECTEUR KENWARD : L'Angleterre est devenue folle...

Je regardais Archie se débattre. Il avait l'air d'un Guignol dégingandé et sa mâchoire, ciel ce que c'était étrange, elle paraissait se désarticuler au fur et à mesure qu'il s'énervait.

Évidemment, je reconnaissais mon mari, comment cela aurait-il pu en être autrement ? Mais pourquoi, devant cette foule et ces reporters, lui aurais-je fait ce cadeau ?

J'évitai donc de croiser son regard et fixai sans discontinuer celui de l'Inspecteur Kenward. À peine avais-je vu surgir cet improbable duo du coin de la cage d'escalier, que je m'étais lancée : « Attention, Agatha, aie l'air hagard, absent, plus d'autre choix ! »

Au milieu du hall, face à toutes ces personnes qui nous observaient, je n'en menais pas large. Qu'aurais-je donné pour disparaître dans la seconde du paysage ? L'idée du spectacle que nous offrions sans le vouloir au *Swan Hydropatic* m'affligeait. Archie était-il devenu fou ?

Il me fixa soudain, me dit d'un air las : « Cette comédie, Agatha, n'en avez-vous pas assez ? »

C'est à cette minute précise, je n'oublierai jamais, que l'on entendit la porte tambour de l'Hôtel faire grand bruit. Trois reporters munis d'appareils photographiques surgirent à grand renfort de coups d'épaule. Qui les avait prévenus de ce qui se jouait à l'hôtel ?

L'un cria :

— Mrs Agatha Christie, regardez par ici ! S'il vous plaît par ici, pour la photo des retrouvailles avec votre mari.

Puis les deux autres clamèrent :

— Mr Christie, pourriez-vous enlacer votre épouse pour le *Daily Mirror* ?

— Pas question ! s'insurgea Archie en aboyant, mais enfin, Kenward, vous avez déjà prévenu la presse ? Vous avez donc besoin à ce point de popularité ?

Une série de flashs m'aveugla et je me cachai le visage. Archie se tourna et remit son chapeau. Quant à l'Inspecteur chef, mitraillé telle une vedette de cinéma, il bombait le torse et relevait le menton à la manière d'un pharaon.

La foule grossissait, le bouche-à-oreille faisait déjà effet dans les rues et sur les places d'Harrogate. À grands coups d'exclamations, des curieux s'infiltraient dans le hall tandis que des différents étages déboulaient une dizaine de clients en robe de chambre : « Agatha Christie, oui, c'est elle, je l'avais remarquée aux Royal Baths, elle était désagréable avec une dame portant un bonnet de bain vert » ;

« Agatha Christie, cette dame ? Oh, je l'imaginais plus belle ! » ; « Moi, je la croyais moins jolie » ; « Et cet homme qui a sa main sur son bras, qui est-ce ? » ; « Son mari, Archibald Christie, il est ici ! Il est venu la chercher ! »

Ah cette sensation d'être debout en pleine tempête sur un bateau agité ! Je n'oublierai jamais. Sur les parois de ma trachée se dispersait un reflux acide inhabituel et fort désagréable. Je m'accrochai à la rampe d'escalier.

— Cela va-t-il, Mrs Christie ? s'inquiéta l'Inspecteur Kenward.

— Mrs Neele ! Je m'appelle, Mrs Neele et pas Mrs Je-ne-sais-quoi ! hoquetai-je.

Je tanguais, comme c'était étrange, alors que rien sous mes pieds n'était instable.

— Voulez-vous rejoindre un moment votre chambre, le temps de reprendre vos esprits ?

— Volontiers.

Kenward monta sur la troisième ou quatrième marche de l'escalier, leva les bras et les mains, les maintint en imposition comme s'il était un prêtre et exigea : « Un peu de calme s'il vous plaît ! »

À quelques mètres, Joan cillait des yeux et serrait les mâchoires. Elle me fit un petit signe en guise de « cela va-t-il ? » Je répondis « non » d'un simple mouvement de tête. Alors Joan se redressa, fendit la foule d'un air sec, s'approcha de nous. Autoritaire, elle saisit ma main et, comme le faisait parfois Nan, la tapota : « Tout va bien se passer Teresa, glissa-t-elle à mon oreille, ces messieurs vont se rendre compte qu'il y a erreur sur la personne, comptez sur moi ! »

Elle releva alors le menton, gifla du regard l'Inspecteur et Archie en un glacial : « Vous n'avez pas honte de ce scandale inopportun ! » Elle attrapa mon bras, me tira vers elle et me dirigea tel un danseur à la prise ferme vers la cage d'escalier. « Venez, Teresa, rejoignons votre chambre, je vais rester avec vous, il n'y a pas pire que la foule et vous avez besoin de calme. »

Quelle fut la réaction de l'Inspecteur ?

Je n'aurais pu la prévoir... même dans l'un de mes livres...

Sidéré par sa détermination et sans doute par la force de son caractère, il donna sa bénédiction à mon amie, fit signe au directeur : « Faites accompagner Mrs Christie dans ses appartements, son amie va rester avec elle, le temps qu'elle reprenne ses esprits, une demi-heure, pas plus. »

— Bien, Inspecteur, tout de suite, articula ce dernier, nous allons accompagner Mrs Christie.

— Mrs Neele, je m'appelle Mrs Neele, m'emportai-je à nouveau.

Il me sembla alors que j'allais perdre connaissance.

Non, je ne jouais point la comédie. J'étais effectivement tout à coup victime d'une terrible faiblesse.

Quant à Archie ?

Il était encore plus pâle.

Dans la chambre numéro 5, ce lieu qui m'avait protégée tous ces jours, toutes ces nuits, Joan et moi nous réfugiâmes. Élégante et discrète, mon amie fit semblant de ne pas remarquer le désordre de la pièce, mes vêtements jonchant chaises et fauteuils, ma brosse à cheveux posée à même la table de nuit, la serviette de bain avachie encore humide sur le sol telle une descente de lit et toutes ces feuilles de papier blanc que le vent avait répandues en l'endroit quand j'avais au petit matin ouvert la fenêtre.

— Teresa, asseyez-vous, il faut que vous vous reposiez.

— Comme tout cela est fou, mon amie.

— Il faut nous mettre au point, ma chère, hésita alors Joan car ils vont vite revenir vous chercher.

« Nous mettre au point »… Que voulait-elle dire ?

Je me laissai tomber dans mon fauteuil préféré, celui en velours posté face au parc. Dehors, il y avait cette neige qui m'avait ravie, mais aussi ces gens, des dizaines d'inconnus attendant une déclaration de l'Inspecteur Kenward. Durant quelques secondes, je me fis l'effet d'être le condamné qui craint l'arrivée du bourreau, l'heure fatale.

Joan ne bougeait plus. Debout à mes côtés, sa main posée sur l'accoudoir de mon siège, elle fixait mes pieds, venait-elle de s'apercevoir que je portais des bottines neuves ?

J'allais reprendre : « Je ne suis pas Agatha Christie ! » et sans doute ajouter : « Si c'est pour un aveu que vous êtes là, sortez, vous êtes donc de la race de ces policiers ! », quand je sentis l'espace se resserrer autour de moi. L'angoisse monta, j'essayai de reprendre mon souffle, mais impossible, je haletai comme mon Peter quand il avait trop chaud.

« Que se passe-t-il, mon amie ? » entendis-je au loin et je ne parvins à dégager mes doigts de la main qui venait de les entraver. « Agatha ou Teresa ou comme vous voulez, je m'en fiche, vous êtes mon amie, je n'en ai guère, je vous l'ai dit, je veux vous aider, laissez-moi le faire ! »

— L'impression d'étouffer, ça va passer, j'ai l'habitude, voilà c'est déjà presque terminé…

— Toute cette affaire… souligna Joan en prenant mon pouls entre son pouce et son index, ma chère, votre cœur bat vite, essayez de respirer doucement…

— Merci, Joan.

— Vous êtes passée par bien des épreuves…

— La vie…

Je m'interrompis, j'étais lasse, je ne pensais plus qu'à m'allonger et à dormir, dormir jusqu'à la fin des temps, ne plus jamais ouvrir les yeux sur la vie. « Combien de calmants avais-je ? Assez pour en finir avec cette fichue existence ? »

— Il faut que j'aille à la salle de bains, pardonnez-moi, Joan, je vais me rafraîchir.

Je quittai le fauteuil. Cette fois, c'était décidé, je ne reviendrais plus sur ma décision, je n'avais plus peur, je n'allais plus attendre, la délivrance était là, dans ces quelques pilules, j'allais mourir. Mais je n'avais guère de temps pour mettre mon projet en action.

Joan saisit mon poignet, avait-elle compris ce que je m'apprêtais à faire ?

— Teresa, je vous ai confié mon secret, vous souvenez-vous ?

— Oui, Joan, je me le rappelle. Oh, Joan, ne vous inquiétez pas, ce n'est pas mon style, je suis d'une discrétion absolue, votre secret ne sortira jamais de moi...

— Merci, mon amie.

— Joan, l'Inspecteur ne m'a donné que trente pauvres minutes, un bain va me délasser.

Joan Scudamore lança alors, voix stridente.

— Je sais que vous êtes Agatha Christie, j'ai vite compris, pour moi cela n'a pas la moindre importance.

— Mais, non, enfin, Joan, je ne le suis pas cette dame.

— Pas de « Mais » Agatha, j'ai tout compris ! Depuis cette discussion avec la dame au bonnet de bain vert. Vous avez paniqué devant ses propos et vous êtes emballée, j'ai alors immédiatement saisi. Et je vais vous dire, je me contrefiche de qui vous êtes, ce que je sais c'est que vous êtes mon amie. Et ma confidente ! Nous avons des devoirs d'amitié l'une envers l'autre et j'en suis ravie. Les vraies amies sont rares !

— Je ne comprends rien de ce que vous me dites.

— Pourquoi ne pas oser la vérité Agatha ? Votre mari est là, tout se remet en ordre, ne le lassez pas alors qu'il vous est revenu.

Fuir ou mourir ? L'interrogation scia mes pensées. Je sentis mon corps se dérober, toujours cette affreuse impression d'être tout près de perdre connaissance. Je me souviens de ce moment comme d'une faille profonde dans laquelle on a dégringolé et dont on sait qu'on ne sortira plus jamais. Joan s'approcha, j'évitai son regard, me prostrai un peu plus.

— Parlez-moi, dit-elle, je suis là pour vous, on m'a fait du mal, je sais maintenant combien il faut être accompagnée pour revenir à la vie et je peux vous aider, je vous assure, venez, ayez confiance.

— Joan... murmurai-je, mais aucune autre syllabe ne réussit à sortir de ma bouche.

— Oui... je vous écoute.

— Joan, je ne suis pas Agatha Christie ou alors je ne m'en souviens plus. Et de toute façon, même si je l'étais, l'existence n'a plus de sens... Rendez-moi le service de me laisser seule dans ma salle de bains, s'il vous plaît, ne vous mêlez pas de tout cela si vous êtes mon amie.

Joan se releva, il y avait de la fureur dans ses yeux.

— Si je ne m'abuse, vous avez bien essayé de vous noyer dans un étang.

— Pourquoi me dites-vous cela, je ne me rappelle plus rien.

— Et vous avez manqué votre suicide... Avez-vous ensuite réfléchi ?

— Mais de quoi parlez-vous ?

— Comme vous, j'ai, un jour, tenté de mettre fin à mes jours avec des calmants, mais je n'en ai pas absorbé une dose suffisante… Six mois plus tard, j'ai compris à quel point ma mort aurait été une erreur. La vie avait repris ses droits, je suis tombée amoureuse !

— Des calmants… Ça ne marche donc pas toujours… soupirai-je.

— En tout cas pas avec moi…

Je relevai la tête, fixai malgré moi la petite boîte de pilules posée sur la tablette au-dessus du lavabo. Quel mal me prit ! Car Joan suivit mon regard.

— Ne me dites pas que vous y pensiez !

Elle bondit, saisit la boîte.

— Non, Joan, je vous assure, je n'y pensais pas.

Je la vis alors scruter les grappes de curieux postés devant l'hôtel. Ses sourcils se rapprochèrent, ses joues creusèrent leurs fossettes.

— Vous avez fait tout cela pour qu'il vous revienne, au fond, n'est-ce pas ? Je comprends, il est vrai que cet Archibald Christie a un charme fou…

Archie et l'Inspecteur Kenward
n'avaient pas perdu leur temps. Bien installés au bar,
ils sirotaient whisky sur whisky.

L'INSPECTEUR CHEF KENWARD : Cette planque dans le recoin de l'escalier avant de l'aborder, c'était bien pensé !

ARCHIE : J'avais des doutes… Mrs Neele, prendre ce nom, comment a-t-elle osé ?

L'INSPECTEUR CHEF KENWARD : Les femmes ont de l'imagination…

ARCHIE : Inventer qu'elle est amnésique, il faut être idiote, tout de même. Qui peut y croire ?

L'INSPECTEUR CHEF KENWARD : Personne ou alors juste son amie, cette Mrs Scudamore !

ARCHIE : Je ne sais pas d'où sort cette amie.

L'INSPECTEUR CHEF KENWARD : Votre femme a dû la rencontrer ici. Tout le monde au *Swan Hydropatic Hotel* semble d'ailleurs l'avoir appréciée. Le concierge m'en a dit le plus grand bien… Mais tout de même, s'inscrire dans le registre sous le nom de Neele, elle a voulu vous ridiculiser, Colonel !

ARCHIE : Elle s'est moquée de vous aussi en vous envoyant draguer cet étang, parcourir ces hectares de champs… Ah comme elle a dû rire en lisant vos aventures dans les journaux…

L'INSPECTEUR CHEF KENWARD : Les femmes, ah, les femmes.

ARCHIE : Les femmes… Mais on ne peut s'en passer…

L'INSPECTEUR CHEF KENWARD : La mienne, en tout cas, a pris fait et cause pour la vôtre, Colonel !

ARCHIE : Elles se tiennent toutes les coudes.

L'INSPECTEUR CHEF KENWARD : Comme nous nous les tenons…

ARCHIE : Quelle heure est-il ? Cela fait bien une demi-heure que mon épouse est dans sa chambre avec son amie, non ?

L'INSPECTEUR CHEF KENWARD : Oui, une bonne demi-heure. Allons, nous allons pouvoir passer à l'action.

ARCHIE : Passer à l'action ?

L'INSPECTEUR CHEF KENWARD : Maintenant que Mrs Christie est bien reposée, nous allons l'amadouer. Il faut que votre épouse vous revienne cette fois ! Invitez-la à dîner et soyez aimable.

ARCHIE : Dîner avec elle ?

L'INSPECTEUR CHEF KENWARD : Vous n'avez plus le choix, tout le pays attend une fin heureuse.

ARCHIE : Un happy end ?

Archie marchait derrière moi. Je sentais son torse contre mes épaules.

Il n'allait pas lâcher, point me laisser tranquille. Cette manière de m'accompagner à la salle à manger le soulignait avec une détermination que j'avais rarement constatée en sa personne.

Je résistai un peu, émis quelques minauderies tout en appréciant sa présence physique. Ciel ! que je l'aimais encore !

Kenward et Callaway avaient exigé que le hall de l'hôtel soit vide de toute personne. Le directeur et son personnel s'étaient affairés avec courtoisie, certes, mais aussi avec une efficacité redoutable. Alors que je traversais les salons déserts, je me détendis. Plus un commérage, plus une appréciation ne vint me perturber. Mon mari était tout à moi. Mais je devais lui en faire encore un peu baver.

— Avancez, Agatha, le directeur a rouvert la salle à manger pour nous et fait dresser une table au fond.

— J'ignore de quoi vous parlez, Sir, pourriez-vous vous présenter ? Je ne comprends rien à ce dîner qui s'annonce. À moins que ce ne soit l'heure du breakfast.

— Cessez, l'amnésie ne vous va pas !

— Suis-je amnésique ? Oh mon Dieu, comme mon pauvre père !

— Agatha, votre père n'a jamais perdu la mémoire, vous racontez n'importe quoi et vous jouez mal la comédie ! Vous me lassez avec votre théâtre ! Après les déguisements, la mémoire envolée, vous aurez tout essayé ! Et ce nom, comment avez-vous osé ?

L'air agacé de mon mari m'empêchait d'imaginer un nouveau plan. Car comment opérer pour le convaincre d'une amnésie ? « Pourtant, c'est facile, me conseillai-je, il suffit que tu exagères tes réelles absences. »

Sans ménagement, il me poussa sur le siège présenté par le serveur délégué par le directeur. Sans aucun doute le plus discret des employés. Zélé, il offrait un visage impassible.

— Mr et Mrs Neele, bonsoir, lança-t-il courtois. Et il tendit le menu. Souhaitez-vous quelque chose de particulier avant le dîner ? susurra-t-il.

— La paix, grinça Archie.

Je n'en revins pas. Mon mari a toujours été d'une rare politesse. Comment, en douze jours, était-il devenu un mufle ? « La fatigue, la peur de m'avoir perdue », l'excusai-je en silence.

— Je suis désolée, pouvez-vous répéter, Mr Neele, je n'ai pas entendu ce que vous disiez.

— Du pain, s'il vous plaît, se reprit Archie un peu honteux de son emportement.

Ses doigts pianotaient sur la nappe. Je les examinai en frémissant, décidément, non, je ne supportais pas que ces mains aient couru sur le corps de Nancy Neele. « Arrête de te faire du mal, Agatha », pensai-je.

Le serveur nous prenait-il pour des personnes âgées malentendantes ? Voilà qu'il se baissait à notre hauteur. Tout de même trente-six et trente-sept ans, ce n'est pas si vieux !

— Nous avons de la biche en fricassée servie avec des petits légumes, si cela tente Mr et Mrs Neele.

« Mr et Mrs Neele » ! L'euphorie regagnait ma gorge, toute la surface de ma peau. Mais je ne devais pas rire, « ce n'est pas le moment, Agatha ».

Archie haussa les épaules et ne rectifia pas.

Je détaillai des pieds à la tête mon époux et passai à l'attaque, il s'agissait de laisser suggérer une très forte amnésie, c'était la seule solution pour me sortir tête haute de cette situation car je n'ignorais pas que dès le lendemain, 15 décembre, les titres des journaux s'enflammeraient de ma réapparition.

— Mais pourquoi, Mr Neele, un beau garçon comme vous, est-il si mal habillé ? m'amusai-je. Vos vêtements sont trop grands, monsieur, votre épouse ne fait pas assez attention à votre mise !

— Agatha, tenez-vous, s'il vous plaît, tout cela ne m'amuse pas !

— Je ne m'appelle pas Agatha, mais Teresa.

— Stoppez cela tout de suite ! Vous n'êtes pas une enfant ! bombarda Archie une mèche de cheveux défigurant sa coiffure toujours impeccable.

Il releva la tête, le sang paraissait avoir reflué de la surface de sa peau tant il était pâle.

— Agatha, ne croyez-vous pas que vous avez dépassé les bornes ? Toute la presse s'y est mise ! On ne parle plus que de cela en Angleterre et même au-delà des frontières ! J'espère que vous n'avez pas fait cela uniquement pour faire de la publicité à vos romans !

— Mes romans, quels romans ?

— Vous allez me rendre fou. Et je ne suis pas le seul ! Savez-vous à quel point votre amie Nan est inquiète, elle vous croit morte. Rodney m'a téléphoné sur la demande de sa femme, pour me le dire. C'est insensé !

— Je ne comprends pas. Qui est Nan ?

— Je vous ai dit d'arrêter Agatha. Ne le voyez-vous pas, mon palpitant fait désormais des siennes à cause de vous. C'est effroyable !

Archie posa sa paume sur sa poitrine et se mit en apnée. De l'autre main, il s'épongea le front.

— Que dit cette dame ? dis-je sans compassion.

C'est que j'étais pressée de savoir ce que, pour parfaire notre vengeance, mon amie avait encore improvisé.

— Nan pense que vous êtes morte et prépare vos funérailles. Je suis la risée de Londres ! Agatha, il faut arrêter tout cela.

— Je vous dis que je m'appelle Teresa, enfin vous allez mal, monsieur, vous me parlez de mon enterrement alors que je suis bien vivante et vais repartir en Afrique du Sud. Avez-vous songé à aller consulter l'un de ces spécialistes de la psychologie, mon ami ?

— Je n'en peux plus… je vais perdre la tête.

— C'est bien ce que je dis… Ce serait dommage, vous avez l'air fort sympathique, mais pourquoi diable suis-je à votre table ? Ah mes problèmes d'amnésie… Peut-être vous ai-je rencontré en Afrique du Sud, vivez-vous là-bas vous aussi ?

— Agatha…

— Écoutez, j'en ai assez, je vais vous laisser.

Je fis signe au serveur, il approcha à pas rapides.

— Mrs Neele ?

— Où est mon amie, s'il vous plaît ? Cette personne m'importune.

— Mrs Neele, je ne comprends pas, s'excusa l'homme.

Empêtré dans ses mots comme dans sa tenue trop étroite, il se pencha vers Archie :

— Mr Neele, pourriez-vous expliquer à votre dame qui vous êtes… Mrs Neele a beaucoup de trous de mémoire depuis quelques jours, nous l'avons tous observé ici.

— Merci de ne plus m'appeler Mr Neele, je me nomme Archibald Christie ! C'en est trop cette fois ! s'énerva Archie.

Le jeune homme fila en murmurant des mots inaudibles.

Visage impassible, Archie détaillait le menu avec attention, mais rien apparemment, dans les mets proposés, ne semblait lui convenir.

Quelque chose sur son visage avait changé. Ce n'étaient pas ses cheveux qui en douze jours avaient peu poussé, ni ces ombres de barbe, ni même les quelques kilos qu'il avait perdus, mais plutôt une sorte de tristesse mâtinée de raideur. Son cou semblait tenir sa tête avec moins de souplesse, un peu comme s'il était sous le coup d'un désagréable torticolis. Alors qu'il relevait les yeux vers moi, je détournai le regard.

« Prendrez-vous du vin, Archie ? » m'entendis-je alors demander avec une infinie douceur en voyant l'appellation « bordeaux », ce bordeaux que mon mari aimait plus que tout et qui, en d'autres occasions, l'aurait rendu heureux, et je fondis en larmes : « Archie, je vous aime tellement. »

J'avais capitulé sans même m'en rendre compte. Par amour.

Archie tendit alors sa main vers moi, posa sa paume sur la mienne. Il chuchota : « Agatha, merci, merci mille fois. »

Nos peaux restèrent ainsi aimantées quelques minutes. Archie ne retira sa main de la mienne qu'au moment où le serveur revint prendre la commande :

— La dinde aux marrons sera très bien. Avez-vous de la purée ? Ma femme adore la purée.

— Oui, Mr Neele.

Je crois n'avoir dans ma vie jamais autant souri. Ce geste, après toutes ces épreuves, rien ne pouvait me rendre aussi heureuse.

Il eut alors la délicatesse de ne me demander aucune explication, mais parla de Rosalind qui avait fait maints cauchemars depuis mon départ. Il parla de ces accès de mal de ventre qui l'avait condamnée à rester au lit munie d'une bouillotte « Carlo lui a lu *Alice au pays des merveilles* et cela l'a un peu apaisée, et Peter s'est couchée contre elle deux jours et deux nuits durant, il n'a pas mangé, n'est pas sorti, il couvait Rosalind comme si elle était sa petite sœur, c'était émouvant et éprouvant à la fois, voyez-vous, ma chérie. »

« Ma chérie. » Archie avait dit « ma chérie » !

J'eus à la fois envie de pleurer, de m'enfouir dans les bras de cet homme, mon amour, mon Archibald. J'étais heureuse de le retrouver, mais j'avais aussi honte, honte de ne pas avoir pensé davantage à ma fille, de l'avoir laissée seule à *Styles* avec Carlo, honte de n'avoir pas fait assez attention à elle toutes ces années pendant lesquelles ma mère était malade, honte d'avoir, vis-à-vis de cet enfant, vu en mon mari, un rival.

« Archie », chuchotai-je et je caressai ses doigts.

Rosalind, j'allais m'occuper d'elle, lui donner tout cet amour que j'avais enseveli sous de la jalousie.

Quant à Archie et moi, l'avenir nous appartenait, l'évidence était telle. S'il avait maigri à ce point, c'était pour moi, parce qu'il ne pouvait vivre en me pensant morte ou disparue. « Nan, Nan, scandai-je, reconnaissante, je vous dois tant Nan, vous aviez raison, il suffisait de le faire revenir en m'absentant ! »

Je tendis ma main vers Archie, comme étaient pleins de ferveur ses yeux, pulpeuses ses lèvres, j'avais envie de caresser son visage, cette aristocratie faite homme, de l'embrasser, de le chérir jusqu'à la fin de mes jours, j'aurais cent ans, cent dix ans s'il le voulait, j'irais au bout de mes forces, plus jamais je ne voudrai mourir, Joan avait raison, on finissait par regretter d'avoir tenté le Diable.

— Archie, Archie, murmurai-je encore.

— Agatha, je suis heureux que vous soyez revenue à la raison, me lança-t-il en esquissant un sourire.

Mon époux m'avait souri. M'avait tenu la main. M'avait appelée « ma chérie ». « Mon Dieu, tu existes donc, merci, merci mon Dieu ! »

— Cher, cher, cher Archibald, je savais que vous me chercheriez, nous sommes inséparables, n'est-ce pas ?

Je n'étais plus que frisson et espoir. Comme la vie allait redevenir belle, je ferais mille efforts, m'habillerais mieux, maigrirais, me débrouillerais pour retrouver une taille de guêpe, plus fine encore que celle de Nancy Neele, j'écrirais moins pour me consacrer à la maison, à mon mari, à mon enfant, je me le répétai : « À toi, Rosalind, toi, mon bébé », je ne somnolerais plus avec le chien sur le sofa l'après-midi, je renoncerais aux promenades solitaires qui me prenaient des heures, je porterais même des dessous rouges en dentelle, s'il le fallait.

Je me sentais feu, joie, ciel, désir, « Archie, je voudrais un baiser, juste sur ma main, mon chéri, embrassez-la, que plus rien jamais ne nous sépare, je vous pardonne tout mon cher mari, je vous aime tant. »

Archie, ce baiser, comme je l'ai attendu…

Mais il n'est point venu.

Mon mari se figea, puis, aussi rieur que sournois, m'adressa ces mots, les transcrire dans cette autobiographie m'est encore pénible et pourtant des années ont passé : « Ma pauvre, vous me demandez une douceur, mais ce n'est pas votre style, si vous étiez sentimentale, nous le saurions tous les deux. Cessez donc votre comédie, elle ne vous sied pas. »

Archie se riait de moi et mon ventre se déchirait, je m'en voulais, comme je m'en voulais de lui avoir montré ma faiblesse, cet amour que je lui portais.

— Agatha…

— Oui, Archie.

— Pourquoi ?

— Pourquoi, quoi ?

— Pourquoi avoir fui ? Que vous m'en vouliez de vouloir divorcer, je peux comprendre. Mais pourquoi avoir pris le nom de Neele ?

— C'est venu comme ça, sans réfléchir…

— Voyez-vous, que vous vous soyez cachée pour me faire peur, une ultime tentative pour me reconquérir, je peux le comprendre et le pardonner… Mais que vous ayez pris le nom de Miss Neele pour vous cacher ici, je ne vous le pardonnerai jamais. Vous m'avez ridiculisé et Nancy Neele avec ! Et cela, je ne le supporte pas ! Je suis depuis des jours le mari dont on se gausse le plus en Grande-Bretagne et voilà que vous rajoutez !

— Emprunter le nom de Mrs Neele, murmurai-je, mais ce n'est pas si grave, enfin, Archie, il est plus dramatique que j'aie voulu mourir...

— Ne prononcez pas le nom de Nancy Neele ! cria Archie. Ne la salissez pas en la mêlant à ce scandale ! Elle va être mon épouse et je veux que sa réputation soit intacte !

— Archie...

— Maintenant que je vous sais en vie, nous allons enfin pouvoir divorcer !

« La messe est dite », pensai-je, me souvenant tout à coup de cette formule française qu'employait autrefois Clara, mon professeur.

Je regardai cet homme, Archibald Christie.

Était-ce bien lui qui m'avait autrefois récité Shakespeare juste avant de se mettre à genoux pour demander ma main ?

... L'amour est un phare à l'abri de l'orage / Donnant à qui l'implore un secourable appui / C'est l'étoile que guette aussitôt qu'elle a lui, / Le pauvre esquif errant menacé du naufrage...

Lui pour qui j'avais eu cet enfant, Rosalind, et accepté qu'il s'en occupe plus que moi ? Lui pour qui j'avais oublié parfois de soigner Maman ? Lui pour qui je m'étais traînée à genoux en suppliant qu'il ne me quittât pas ? Lui pour qui j'avais abandonné la vie, oublié de me nourrir, oublié tout ce qui m'importait. Lui pour qui j'avais voulu me noyer dans les eaux noires de Silent Pool ?

Je me levai, repoussai ma chaise d'un grand geste, traversai la salle à manger et regagnai ma chambre.

Le lendemain matin, ma décision était prise, je n'allais pas laisser Nancy Neele récupérer mon mari. Puisque j'étais découverte, je prendrais le premier train pour regagner *Styles* avec lui.

Nous quittâmes donc ensemble, le 15 décembre, le *Swan Hydropatic Hotel*.

Si les reporters nous oublièrent enfin ?

Non, ils nous poursuivirent jusqu'à la gare d'Harrogate et leurs flashs crépitèrent au moment où la locomotive nous emporta.

Une heure plus tard, je demandai à sortir du train.

Archie hurla : « Vous n'allez pas recommencer vos excentricités ! »

Je ne pouvais pas le lui confier, mais j'avais oublié mon manuscrit, *Loin de vous ce printemps*, dans le coffre de l'hôtel.

Deux semaines plus tard

AGATHA : Allô, Nan !

NAN : Oh, mon amie, heureuse de vous entendre, avez-vous retrouvé votre manuscrit ?

AGATHA : Joan Scudamore l'a récupéré au coffre du *Swan Hydropatic Hotel*, elle me le remet demain en mains propres.

NAN : Que je suis soulagée !

AGATHA : Et moi donc ! Je vais enfin pouvoir le déchirer, il est beaucoup trop sentimental.

NAN : Mieux vaut que je le lise avant, Agatha, nous allons trouver un plan pour le faire éditer... Dans quelques années... Ainsi on ne fera pas le rapprochement entre votre vraie vie et cette histoire.

AGATHA : Oui, nous allons trouver un plan.

NAN : Il faudra aussi vous trouver un pseudonyme.

AGATHA : J'ai pensé à Mary Westmacott.

NAN : C'est joli.

AGATHA : Oui, j'aime bien et c'est très différent de mon nom.

NAN : Et votre moral, Agatha ? Vous sentez-vous plus paisible ? Comment cela se passe-t-il avec Archie ?

AGATHA : Il va falloir que je m'y fasse. Je suis seule à la maison avec ma fille, il est définitivement parti. Me rapprocher de Rosalind m'aide. Au moins, cette affreuse histoire nous aura aidées à comprendre notre lien...

NAN : Et le divorce, Archibald en parle toujours ?

AGATHA : Il l'a demandé, ça y est...

NAN : Pourtant, vous lui avez dit votre amour ?

AGATHA : Oh oui, je le lui ai répété, mais il n'a pas supporté. Il n'a cherché qu'à me faire traiter par tous ces spécialistes en médecine et psychologie. Il me fait soigner pour amnésie...

NAN : Mais êtes-vous toujours victime de trous de mémoire ?

AGATHA : Oui, ils me gênent surtout quand j'écris. Tous ces médecins n'ont su m'aider.

NAN : Aucun diagnostic ?

AGATHA : Ils sont très ennuyés. Car il y a de vraies amnésies partielles en moi et...

NAN : Et de fausses...

« Ce qui est étrange quand on regarde le passé, c'est que, si l'on se souvient fort bien de la façon dont les choses sont survenues, on oublie comment elles ont cessé[1]. »

Ainsi, quand et comment ai-je cessé d'aimer Archie ?

Un jour ce fut ainsi, le souvenir de son visage ne me rendit plus triste, son mariage avec Miss Nancy Neele cessa de me hanter, les bégonias et l'estuaire de Greenway ne m'arrachèrent plus aucune larme. Ma fille, Rosalind, devint pour moi davantage importante que tous et tout. Et mes livres m'aidèrent à cheminer vers l'avenir.

Juste après notre divorce, en 1928, je compris que l'on peut battre ses démons intérieurs. L'apprentissage de la solitude, son acceptation y sont pour beaucoup.

---

1. Agatha Christie, *Une autobiographie*.

Quand je repense aux douleurs vécues, ces déchirures insupportables qui furent les miennes comme celles de beaucoup de femmes trompées puis abandonnées, je me dis que l'amour est un voyage, il faut en accepter la fin pour repartir ensuite dans un autre périple.

Mais comment supporter le drame qu'est une rupture non consentie ?

La douleur est un mur. On ne peut ni le franchir, ni le contourner, ni le percer ; il faut réussir à en prendre la forme, se couler dans l'acceptation et croire en l'éloignement, déchirer les photos, jeter les cadeaux, les lettres, les symboles, pleurer la nuit et hurler le matin, réussir à sentir à nouveau la douceur de la brise sur la peau, à aimer le pourpre et le rose de certains couchers de soleil, laisser son enfant vous prendre dans ses bras, mais l'empêcher de vous bercer pour qu'il grandisse serein, apprécier la nostalgie, mais ne pas y sombrer. Et puis, il y a l'amitié, la vraie, la grande, l'indéfectible. Et les chiens. Je vais chaque jour parler à leur tombe. Ce n'est pas triste. Nous avons de belles conversations et d'immenses fous rires.

Si je réfléchis à tout cela aujourd'hui avec calme et avec recul, c'est que des années ont passé, je suis dans une bien meilleure période de vie. Mon second mari, l'archéologue Max Mallowan, est un ange. Je l'ai rencontré en 1930 sur le site de fouilles d'Ur lors d'une croisière au Moyen-Orient. Il est l'excellence faite homme. Chaque seconde passée avec lui est un événement heureux. Et cette vie conjugale superbe telle que je l'avais rêvée dès mon plus jeune âge dure depuis si longtemps que je me demande parfois si Maman, là où elle est, avec ou sans Dieu, ne me protège pas. Comme elle, je crois aux forces des esprits, à leur accompagnement, à leur protection. Sinon comment aurais-je pu après Archie rencontrer un être aussi bon que Max ? Ah, si l'on savait ce qui nous attend, il est des chemins de vie que l'on s'interdirait de pratiquer pour courir plus vite découvrir son avenir.

Voilà, je crois n'avoir rien oublié dans ce chapitre. Peut-être aurais-je dû aussi insister sur cette fichue météo qui, à Harrogate, est plus détestable qu'à Sunningdale et donner plus de détails aussi à propos de la saveur des gâteaux de *Betty's*.

Ah, et puis, j'y pense, j'ai omis un minuscule aspect de ce séjour à Harrogate…

Mais était-ce bien nécessaire de préciser cet élément ?…

Dire que l'Inspecteur Callaway ne m'avait pas déplu ne signifie en aucun cas que je l'avais trouvé à mon goût.

Note de l'auteur

Dans la septième partie de son *Autobiographie*, chapitre V, Agatha Christie ne cache rien de ses problèmes conjugaux. Elle dépose son existence sans masque, dit les choses comme elles se sont déroulées et indique tout en restant sobre combien elle a souffert de voir son mari, Archibald, aimer une autre femme. Elle finit ce chapitre ainsi :

« Si mon mari était dur, maintenant, c'est aussi parce qu'il luttait pour son bonheur. J'avais auparavant admiré sa fermeté. Je voyais désormais le revers de la médaille. Et c'est ainsi, après la maladie, qu'étaient venus la peine et le désespoir du cœur. Inutile de s'étendre là-dessus. Je tins bon un an, espérant un revirement qui ne vint pas. C'est ainsi que sonna le glas de mon premier mariage. »

Enfin Agatha Christie enchaîne avec le chapitre VI :

« En février de l'année suivante, Carlo, Rosalind et moi embarquâmes pour les îles Canaries. J'avais de la difficulté à me remettre de ce choc, mais je savais que mon seul espoir de recouvrer un jour une certaine sérénité consistait à m'éloigner de tout ce qui avait contribué au naufrage de mon existence. Il ne pouvait plus y avoir de paix pour moi en Angleterre après tout ce que j'avais subi. »

Un chapitre manque bien...

La romancière racontera des années plus tard qu'elle l'avait dicté à sa secrétaire sur un appareil afin qu'elle le transcrive, mais que l'enregistrement était inaudible...

Remerciements

Je tiens à remercier ici toutes les personnes rencontrées à Sunningdale, à Greenway, à Harrogate, au *Swan Hydropatic Hotel* aujourd'hui nommé *Old Swan Hotel* et aux Royal Baths lors des onze jours d'hiver qui m'ont conduite dans les pas d'Agatha Christie.

Je garde un souvenir ému de la petite virée en voiture électrique avec les dames de Greenway vers la maison d'été de la romancière, des thermes d'Harrogate, d'une partie de billard très énergique au *Old Swan*, des thés partagés chez Betty, de la lecture matinale des journaux de l'époque affichés sur les murs de l'hôtel, de la visite de la chambre qu'aurait occupée Agatha Christie, des bières que je n'ai pas réussi à boire, mais dont j'ai aimé partager l'instant, des informations, des intimes convictions, de simples ouï-dire, de vraies fausses anecdotes ou de confidences « issues de source sûre » offertes avec verve et émotion.

À Silent Pool, je ne peux dire « merci » à personne. Je n'y ai vu âme qui vive. « L'étang en période de Noël n'est visité que par le fantôme d'Agatha », dit-on.

Mais ce qui reste le plus précieux dans ma mémoire, ce sont tous ces papotages (« exquis », aurait dit Agatha) qui m'ont permis de mieux cerner le personnage de la femme amoureuse et accablée qu'était l'auteure en décembre 1926.

Merci à Corine S. d'avoir partagé avec moi cette route et ces rencontres, de Sunningdale à Harrogate, de Silent Pool à Greenway.

Table

Mise en pages par Meta-systems
59100 Roubaix

Imprimé en France par CPI
en décembre 2015

Dépôt légal : janvier 2016
N° d'édition : L.01ELIN000400.N001
N° d'impression : 131703